終わりと始まり 2.0

池澤夏樹

朝日文庫

本書は二〇一八年四月、小社より刊行されたものです。

終わりと始まり 2.0　目次

終わりと始まり 2.0

三回忌の後で

この三月十二日、三陸のボランティア仲間だった友人の西徹さんが亡くなった。五十三歳、寝込んでから三か月もなかった。癌《がん》が速やかに彼を奪っていった。地震や津波がなくてもそういうことは起こる。逝くのは早くても納得するには何年もかかる。

3・11から二年が過ぎた。

仏教ではこれを三回忌と言う。二年ではなく三回と数える。最初の喪失から三度目の嘆きの日。

三月十一日、ぼくは大槌町吉里吉里《きりきり》の吉祥寺《きっしょうじ》という寺にいた。

二年近い前、震災からちょうど三か月目の日の午後、この寺で黙禱《もくとう》し、子供たちがわいわい騒ぎながら陽気に鐘を撞《つ》くのを見たのだった。

今年は本堂の前に十数名の僧が居並んで読経をしていた。彼らは二手に分かれて集落の中を巡り、やがて漁港に集合して慰霊祭を行った。北海道から応援に駆けつけた僧たちが多数参加していると聞いた。

前の日はとんでもない強風だったが、この日は晴れて海も穏やかで、まずまずの日和に土地の人たちがたくさん集まった。

海に向かって読経と焼香と献花。

外来者であるぼくにここの人たちの心を推し量ることはできない。それでも二年を経てこの場の空気が平穏であることに少し安堵《あんど》した。


あちこちで被災した建物の取り壊しが進んでいる。

仙台市若林区の荒浜小学校や石巻の門脇《かどのわき》小学校の解体のことが新聞に載っていた。[*1]

どちらも二年前に悲惨な姿を目で見てよく覚えている。

今回は岩手県陸前高田のキャピタルホテルと雇用促進住宅が壊されている現場に立った。[*2]この二年間のうちに何度となく目にして、自分の心の中でモニュメントになっていた建物だ。

壊してしまうのかと思い、そうだろうなと思った。

二〇一一年四月十日、雇用促進住宅を初めて見た時の衝撃は忘れがたい。

なんとか通れるようになった海沿いの国道45号のすぐ脇に、五階建ての集合住宅が二棟ある。それぞれ四十戸。その四階までが津波で破壊されていた。ベランダの割れたガラスが水が到達した高さを表示していた。

みんな五階まで逃げていたのだろうか。まさかあんなに高くまで波が来るとは思っていなかったのではないか、そして……と、その時を想像する。

陸前高田市の雇用促進住宅の取り壊しが始まった＝著者撮影

後になって公開されたたくさんの写真や動画。たぶん遺《のこ》された者には見るのも辛《つら》い記録。

忘れたいと忘れてはいけないの間で人は迷う。震災は心の傷である。忘れて、なかったことにして、前に出たい。

そう思う一方、死者は忘れがたい。忘れないことが次の災害の予防や減災に繋《つな》がるということもある。

何度となく津波の被害を受けた三陸地方には

「津波はここまで来た」という碑が少なくない。ならば津波地帯の生活の実感として、この高さまで水が来たと歴然と示している雇用促進住宅は残されるべきではなかったか。

とは言うものの、あそこで身内が亡くなったという家族の思いにも盤石の重みがある。見るたびに思い出すのが辛いことはよくわかる。

高田松原のあの一本の松が復元されて元の場所に立てられた。波に抗した勇気のシンボルなのだろうが、もう生きてはいない木を改めて立たせることへの違和感もある。あの日の後、ぼくたちはさまざまな形でシンボル操作を行って災害の意味づけをしようとしてきた。

惨事の現実があまりに大きくて、多くて、辛かったので、それを伝えるのが難しい。経験した人からしなかった人へ、その時の自分たちから未来の自分たちへ、手渡すものは多い。そこでシンボルに頼ることになる。

もちろん忘れたがる人たちはいる。

政治家はみな先天性の健忘症だ。彼らには今しかない。近未来の明るい絵を描いていれば国民はついて来ると信じている。

それでも福島第一原子力発電所は取り壊しようのないモニュメントである。チェルノブイリが石棺になって残ったように、イチエフは解体のしようがないために長く残るだろう。このモニュメントにシンボルとしての意味づけをしなければならない。その主役は住む土地を奪われた人々でなければならない。

（二〇一三年四月二日）

＊1　荒浜小学校は震災遺構としてすでに二〇一七年四月より公開されている。門脇小学校は二〇二二年四月頃に公開予定（二〇二一年九月時点）。福島県浪江町では二〇二一年十月、請戸（うけど）小学校が県内初となる震災遺構として公開された。

＊2　雇用促進住宅は一棟が残された。キャピタルホテルは高台に移転して再開された。

憲法をどう論じようか

選挙を前にした各党の政策は言わば定食のようなもので、有権者は料理の一つ一つを選ぶことはできない。

この前の選挙で自民党はともかく主食がたっぷりというメニューを用意した。みんなおなかが空《す》いていたらしく、この経済優先の政策は票を集めた（タニタの社員食堂に比べるとずいぶんメタボっぽい）。

この定食にはずいぶん味の濃いおかずがついていた。隣国軽視であり、原発の運転再開と憲法改正への道筋である。夏の参院選ではこのあたりが問題になるのか、あるいは山盛りのどんぶり飯がまだうまそうに見えるのか。

日本は今、ゆるやかな衰退期にある。少子化と高齢化はその指標だ。

衰退に対して、事態の一つずつに対策を考えて現実的に応じればいいのだが、それでは間に合わないと苛立《いらだ》つ人たちが増えている。思い切った変革を訴え、たとえば憲法改正を提言する。

「日本を孤立と軽蔑の対象に貶《おとし》め、絶対平和という非現実的な共同幻想を押し付けた元凶である占領憲法を大幅に改正し、国家、民族を真の自立に導き、国家を蘇生させる」と言うのは「日本維新の会」の綱領。

これこそいわゆる自虐史観ではないのか？　日本は本当にこの世界で孤立と軽蔑の対象になっているか？　それが日本国憲法のせいなのか？

しかし反論は慎重でなければならない。戦前の叛乱《はんらん》将校の蹶起《けっき》文のよう、などと揶《や》揄《ゆ》して済ませてはいけない。彼ら青年将校の赤心は……とイメージがついてきてしまう。

政治とは政策であると同時にイメージ操作である。今の時代、その傾向はいよいよ強い。かつてゲッベルスが見抜いたとおり、活字よりは音声、理屈よりは印象、思考よりは気分が優先される（だから石原慎太郎は敢《あ》えて暴走老人を演じるのだ）。旧来のやりかたで、一国の運営は論を尽くしてなどと言っていたら、あっという間に空気が変わってしまう。昔ながらの護憲論は負け犬の遠《とお》吠《ぼ》えになりかねない。

憲法というのは国家の横暴から国民を守るものである、と原則論をもう一度説かなければならないらしい。

占領軍による押し付けと言うけれど、合衆国憲法を押し付けられたわけではない。欧米が時間をかけて培《つちか》ってきた民主主義・人権思想・平和思想の最先端が敗戦を機に日本に導入された。そのおかげでこの七十年の間、日本国は戦闘行為によって自国民も他国民も殺さずに済んだ。特別高等警察による拷問や虐殺はなかった。

必要ならば何度でも説明する。


「我が国は、先の大戦による荒廃や幾多の大災害を乗り越えて発展し、今や国際社会において重要な地位を占めており、平和主義の下、諸外国との友好関係を増進し、世界の平和と繁栄に貢献する。」

自民党の「日本国憲法改正草案」の「前文」の一部である。


これ、文章としておかしくない？

「……重要な地位を占めており」までは現状分析だが、その後の部分、「……に貢献する」のところは意思の表明である。この二つを一つのセンテンスに押し込めるというのは、高校生程度の日本語作文能力がある者ならばしない過ちだ。

意味論で言えば、「先の大戦による荒廃や幾多の大災害を乗り越えて」と、「大戦」と「災害」を同列に置くのは歴然たる責任回避。災害は否応《いやおう》なく到来するものであるが、戦争は主権国家がその意思をもって引き起こすのだ。

安倍首相は、未《いま》だ確定した侵略の定義はないと言うが、それは暴論。他国の領土に軍を送ることが侵略である。日本は朝鮮を植民地とし、満州に傀儡《かいらい》政権を立て、中国を侵略した。これを事実として共有しなければ、東アジアに安定した国際関係は成り立たない。

すなわち改憲派の言い分は突っ込みどころ満載で、おいおいそこからまた教えるのかよ、とぼやきたくなる。だが、いかに愚直に見えようとも今は着実に論を積むしかないのだ。

「政府は、国民みなが信じて託した一人一人の大事な気持ちによって運営される。政府がいろいろなことをできるのは国民が政府を支えるからである。政府の権力は私たちの代表を通じて行使されるし、その結果得られる幸福はみなが受け取る。

これは政治というものについての世界の人々の基本的な考えであり、私たちの憲法もこの考えを土台にして作られている。」

現行の「日本国憲法」の「前文」をぼくの文体で訳し直したものだ（『憲法なんて

知らないよ』集英社文庫)。この論旨は今でも新鮮だと思う。

自民党の草案には民主国家として克服したはずの問題がゾンビーのようにうごめいている。ゾンビーと名付ければ退治もできる。これをぼくなりのイメージ戦略としてみようか。

(二〇一三年五月七日)

ホモ・エックスとの共生

今、この地球上にはホモ・サピエンスとは別の知的生命体が棲息《せいそく》している。仮にこれをホモ・エックスと名付けてみよう。

ホモ・エックスは生命の定義を満たしている。外部から隔てられた内部空間を持ち、代謝を行い、時に分裂したり統合されたりし、個体として生まれて個体として死ぬことができる。

そして進化する。

（ここで大事なのは、俗に信じられているように進化はそのまま改善・改良・進歩ではないということだ。進化はまずは変化であり、その意味づけは環境との関係に依《よ》る。変化が有利ならばその種はその環境において栄え、不利ならば衰える。時には絶滅する。）

さて、ホモ・エックスは我々ホモ・サピエンスとは共生関係にある。我々は彼らから少なからぬ利を受け、彼らも我々によって生かされている。しかし、両者の間には軋轢《あつれき》もあって、それがどうやら時と共に深刻化しているらしい。ホモ・サピエンスが滅びることはないが、ホモ・エックスの支配下に入って半ば奴隷のような地位に落とされる可能性は低くない。

ホモ・サピエンスという種の特徴は環境を自分で整えることで、この手法によって我々は地上で大躍進を遂げ、すべての生物の上に君臨している（あいつらはずるいという怨嗟《えんさ》の声が自然界のあちこちから聞こえてくる）。そしてホモ・エックスもまた自分に有利なように環境を変える力を備えている。

いちばん大きな問題は、彼らと我々では倫理が異なるということだ。

そろそろ正体を明かそうか。

ホモ・エックスとは法人、もっと簡単に言えば営利を目的とする株式会社の類いだ。

我々個人は生まれて育ち、幸福に暮らして、子孫を残して、寿命を全うすることを生きる原理としている。例外は多々あるだろうが基本はそういうことだ。

法人は株主から資金を集めて設立され、育って何らかの事業をなして利益を生み、それを株主に配当として払うことを目的としている。

個人は国家に属するが、最近では法人は自在に国境を越えるようになった。製造業で言えば、人件費が安く、土地が安く、公害対策がずさんで、法人税率の低いところへ移動する動きが目立つ。

国としては逃げられては困るから、雇用のルールを緩めて不況の時に解雇しやすいようにし、精いっぱいインフラを整備し、安い電力を供給して引き留める。どれもコストがかかることで、そのコストを最終的に負担するのは個人である。ホモ・サピエンスとホモ・エックスの共生がだんだん片利的になってきている。

彼らはそういう方向へ進化している、自分たちで環境を変えて。

倫理の問題について、これまでの自分の論法が間違っていたのではないかと思うのだ。

例えば水俣病。チッソのやりかたは個人の倫理をもってすれば悪逆非道ということになる。業務上過失致死という判決はあったけれど、実際は未必の故意による殺人ではなかったか。

あるいは福島における東京電力。よくもまああれほどぬけぬけと嘘《うそ》をつき、白を切り、ごまかし、隠し、払うべき額を値切れるものだ。

だが、そこのところをホモ・サピエンスの倫理で責めてもなじっても、それは詮《せん》ないことではないか。種が違い、生きる目的が違うのだから。人でないものに人倫を求めるのは無意味だ。

大企業の経営者の人間性を問うのも見当違い。彼らはホモ・サピエンスの顔とホモ・エックス代表の顔を持っていて、この間には何の連絡もない（髙村薫が『レディ・ジョーカー』〔新潮文庫〕で書いたとおり）。家で温厚な祖父が会社で被災者を冷酷に突き放す。人格が違うのだ。

これはあまりに法人性悪説に傾いた論だろうか。

製造業に恩義はある。ぼくたちは彼らの作った自動車に乗り、彼らの売る衣類を着て安楽に暮らしている。彼らの製品であるアセトアルデヒドや電力があってのこの暮らしだ。それならば共生は相利的だと認めるべきだろう。

しかし、今の世界では個人の力に比べて法人の力があまりに強くなった。我々が太陽のエネルギーや酸素や水で生きているように、法人は資本で生きている。自然にはリミットがあってそれが個人の生きかたを規制してくれるが、資本はもともとが幻想だから天井がない。早い話が日本銀行が紙幣を刷ればいいだけのことだ。その分だけ法人たちは力を得て強くなり、個人の栄養分を吸い上げる。片利共生はやがて寄生に変わる。

つまりこれは人間ではないものを相手にするバトルなのだ。東電で働く個人のみなさん、経済産業省で働く個人のみなさん、共闘しましょう。

（二〇一三年六月四日）

伊勢神宮というシステム

物見遊山に行こうと思った。

向かう先は、二十年に一度の式年遷宮を目前にして話題の伊勢神宮。これまで未見だったのは、奈良京都から微妙に遠いからか。五十年前の修学旅行のコースには入っていなかった。

見物人はまずここが内宮《ないくう》と外宮《げくう》の二つからなることを教えられる。内宮は日本神話の頂点に立つ太陽神・天照大神《あまてらすおおみかみ》を祀《まつ》り、外宮は豊受大神《とようけのおおみかみ》を祀る。

後者はアマテラスの食物を用意する下位の神だが、その割に伊勢では扱いが大きい。五穀豊穣《ほうじょう》と繋《つな》がっているからかもしれないが意外だった。

歴史はその時々の事情の蓄積であり、政治は力関係で決まる。すべてが合理的に説明できるものではあるまい。そう自戒しながら表参道火除橋《ひよけばし》を渡って外宮に入る。

正面に大きな真新しい白木の鳥居がある。二本の柱の上に一本の笠木《かさぎ》を渡し、その下に貫《ぬき》を配した、直線だけの単純明快なデザイン。見事なものだと思う一方で、何かもの足りない。後で振り返ってみるとここで感じたものが伊勢神宮ぜんたいの印象に通じていた。

内宮も外宮も中心になる本殿は今は建て替えのために塀に覆われていていてほとんど見えない。いや、普段でも瑞垣《みずがき》に囲われているから、一般の参拝客にはなかなか全容が見えないのではないか。そもそもがここは天皇家の私社であって見世物ではない。それに神道では隠すというのも大事な原理の一つだ。

玉砂利を敷いた内庭に建つ正殿《しょうでん》の写真は公開されている。前回の遷宮の直後か、白木の色が真新しい。先ほど見た鳥居の素材感をそのまま建築に仕立てたように見える。

外宮でおもしろかったのは付随する「せんぐう館」という博物館で、構造の絵解きがとりわけ興味を引いた。檜《ひのき》から削りだした部材はせいぜい数百点。それを釘・鎹《かすがい》の類いを用いずに組み立ててあるのだが、精密であると同時に単純で、ぼくは模型のキットを想起した。

内宮は五十鈴《いすず》川にかかる宇治橋からの景観がよい。森の背景に低い山が見えて、聖域の雰囲気が視覚化されている。ギリシャのデルフォイでも沖縄の斎場御嶽《せーふぁーうたき》でも、神々が在《いま》すところの地形はいかにもそれらしく思われる。

ここも本殿は新築中だが、その横にある現在の建物は屋根の傷みが目についた。茅《かや》葺《ぶ》きは二十年を経るとあれほどまでに荒れてしまうものなのか。屋根だけ見ていると、これでは建て替えるしかないと思いかねない。

しかし、屋根は葺き替えられるはずだ。江戸期まで田舎の建物の多くは茅葺きで、それが百年二百年と保《も》ったのは葺き替えたからだ。十数戸で屋根葺き仲間を作って、毎年一戸ずつ替えてゆく。茅はどこにでもあった。


なぜ二十年で本体もすっかり建て替えるのだろう？　早い話がお金がかかる。今回の遷宮の費用は五百五十億だそうだ。この出費が二十年ごとに巡ってくる。割り箸のようなまっさらが好き、というだけでは説明しきれまい。

木造だから寿命が短いというのも説明にならない。屋根は葺き替えればいいし、柱が掘っ立てで腐食に耐えないというのなら礎石を入れればいい。

しかし、明治四十二年（一九〇九年）の遷宮の時、礎石を入れては、という提案を明治天皇は退けた。

常に新しい、という精神的意味づけが大事なのだ。そういう言説が遷宮を巡ってある。実際には断絶も改善もあったのに、伊勢は古代から何一つ変わっていないと主張するのもその一つ。

伊勢神宮は意味づけのための言葉に覆われている。日本という国の象徴として、言葉によって、日々年々の行事によって、それを隠すことによって、維持されてきたのが伊勢神宮というシステムである。明治以降は特にそれが強化された。

ここから九十キロほどのところに世界最古の木造建築がある。法隆寺だ。

伊勢を見た翌日、こちらに足を延ばしてみた。暑い中、駅から二十分の道を汗にまみれて歩き、修学旅行のにぎやかな生徒たちに混じって境内に入る。

回廊の隅に立って五重塔と金堂と大講堂が居並ぶさまを見て、これは敵《かな》わないと思った。伊勢神宮とは建築としての、目に訴えるものとしての、魅力の桁《けた》が違う。先住民が圧倒的な力を持つ異民族の軍勢を前にしたような、身の竦《すく》む思い。

日本は中国を範とした。都の造りも、官僚制度も、建築様式も、文字もそちらに倣った。優等生だった。

その先で日本の本質は何か、という問いが出てくる。それに対して、モノではなくココロだという論法で守《も》り立ててきたのが伊勢だろう。国学の祖・本居宣長は伊勢の隣の松坂の人であった。

しかし、日本の文化は外来のものを移入して血肉とすることで作られた。外来のものを剝《む》いていったら後には何も残らない。その芯の危ういところに伊勢はある。

（二〇一三年七月二日）

名誉ある敗北

八月十五日が巡ってくる。

一般には「終戦記念日」だが、公式の呼びかたは「戦没者を追悼し平和を祈念する日」だそうだ。祝日ではない。

国民の大半にとってあの日は実感として戦争が終わった日だっただろう。形勢不利になってからも戦争は指導者の隠蔽《いんぺい》と糊塗《こと》のうちに何年も続いた。爆撃の中を逃げ回った日々がようやく終わった、その安堵《あんど》感は想像できる。

では、二重橋前に坐《すわ》り込んで泣いた人々は何を思ったのか？

安堵感と共に敗北感もあったのではないか。スポーツでは正々堂々と戦えばいい、勝ち負けは二の次などと言うが、それは欺瞞《ぎまん》。誰だって勝ちたいに決まっている。

負けたことの悔しさ、恥辱の感情を日本人はどう始末したのだろう。空襲警報が鳴らなくなったから戦争が終わったことはわかった。次に小柄な昭和天皇と大きなマッカーサー元帥が並んだ写真を新聞で見て、国が負けたということを否応《いやおう》なく納得した。

そして、そのことはなるべく早く忘れるようにした。

昔から自然災害の多い国だったから、ひどい目に遭ってそれを忘れるのには慣れている。国内にいた者は忘れるようにしたし、遠い戦場から帰還した者は何も語らなかった。彼らは負けておめおめと戻ったのだ。言うことなどあるはずもない。

遠い戦場に送り出された作家・大岡昇平は晩年、芸術院会員に推挽《すいばん》されて「自分は捕虜になった身であるから」と言って断った。彼にとってそれは恥だった。日本人ぜんたいに対して彼はその恥を負って生き、旧日本軍の中枢にあった人々に対しては『レイテ戦記』などを通じて責任を追及した。

ではなぜ彼は病床にある昭和天皇について「おいたわしい」と言ったのだろう?旧日本軍の頂点にいた人物と見ればこの言葉は出てこないはずだ。

大岡昇平は昭和天皇をも恥を負った者として見ていたのではないか。その重苦に耐えて、冷戦における米ソの力関係が自分を在位のままに置いたからその責務を全うした。激動の人生だったが、死の床についていちばんの悔恨は、史上初めて夷狄《いてき》に対する敗戦の天皇になったこと、先祖への申し訳のなさだった。大岡はそれを共有した。

戦争責任を問うことは大事である。どこで誰がどう間違ってあんな結果になったのか、そこに至る判断の一つ一つが検証されなければならない。数百万の日本の死者、数千万のアジアの死者に対する責任は史実を辿《たど》りなおすことによってしか償えない。その一方、恥辱の思いをどう扱って我々は今に至ったのか、それを考えることも必要ではないか。

若い論客が卓見を述べている。『永続敗戦論』(太田出版)で白井聡は、日本人は「敗戦」をなかったことにして「終戦」だけで歴史を作ってきたと言う。強いアメリカにはひたすら服従、弱い中国と韓国・北朝鮮に対しては強気で押し切る。その姿勢を経済力が支えてきた。彼が言う「永続敗戦」は戦後の歴史をうまく説明している。経済力の支えを失った今、我々はやっと事態を直視できるようになった。

原点に返ってみよう。大野晋の『古典基礎語辞典』(角川学芸出版)は「はぢ ハジ【恥】名」を「自己の能力・身分・地位・経済状況・勝負・男女関係などにおいて劣っていることや失敗などを他者に知られることで生じる、名誉を喪失したと思う気持ちやその行為。また、その保つべき名誉を重んじる心。廉恥《れんち》心。」と定義する。

ここに言う「保つべき名誉」を我々は回避してしまった。アメリカに負けたのは歴然としている。原爆投下はその象徴だった。だが、中国にだって負けたのだ。あれだけ長い間（十五年戦争という呼びかたがあるほど）戦って、最後には追い出された。

罪は検証可能だ。古代の日本人は罪を汚《けが》れと見なして禊《みそ》ぎによって無にできるとした（例えば「六月晦大祓《みなづきのつごもりのおおはらえ》」の祝詞《のりと》）。しかし恥は洗い流せない。個々に負って生きていくしかない。昭和天皇も、国民も。また戦争をやって勝てばいいのだろうが、まさかね。

名誉を重んじるとはやせ我慢をすることである。

なぜそれができなかったのだろう？

福島第一の崩壊は東京電力という会社にとって究極の恥であったはずだ。しかし東電はもちろん、一蓮托生《いちれんたくしょう》でやってきた財界も自民党も恬然《てんぜん》として恥じることを知らない。今から原発を海外に売るのは真珠湾の作戦計画を売るようなものだ。当初は勝っているように見えても最後には放射性廃棄物の山に埋もれて負ける。

これからの衰退の中で名誉ある敗北を認めることができるだろうか。安倍政権のふるまいと選挙の結果を見て思うのは、我々があまりにも欺瞞に慣れてしまったということである。


（二〇一三年八月六日）

快適な都市の設計

夏の数週間をヨーロッパで過ごした。帰国してからは、今年は暑かったという話題が出るたびに小さくなっている。

海外から戻った者が行った先と自国を比較して批判的なことを言うのは珍しいことではない。ほとんど何の効果もないのもいつもの話。

ある分野について、一国の事情がAであることについてはそこに至る経緯なども関わるから、批判された側はそう言われてもと反発する。言う方は外での見聞をもとにBのようなやりかたもあると挙例しているだけなのだが。双方共に（今もって）文明開化コンプレックスなのかもしれない。

ロンドンであのバスが美しいと思った。見慣れないと形は異様に思えるが色の選択はみごと。バスの大半が二階建てであの赤だから、狭い道にずらりと並んだ時など数による効果も大きい。バスが景観に溶け込んでいる。

側面は広告だが、これも意匠が優れている。広い面に一点だけ、最初からこの媒体に合わせて作られたもの。

車体は床が低くて乗りやすく、乗降口と座席や階段も最適の配置と思えた。太くて黄色い手すりは安心感を与える。停留所の路線案内や接近表示の仕掛けも行き届いている。

もっとずっと小さな都会であるオーストリアのザルツブルクでもバスは同じように快適だった。二階建てではなく蛇腹でつないだ二連の長い車体で、専用レーンも多い。使いやすくて、おかげでこの町では空港往復以外は一度もタクシーを使わなかった。

こういう感想には当然ながら偏見が混じっている。涼しい旅は楽しいし、ロンドンでバスに乗って行きたいところに行けただけで達成感があって、その分だけあのバスが好きになる。

だが、根本的なところが日本とは違うというのも間違いではない。都市の使い勝手の背後にはぜんたいのデザインがある。都市計画のもう一歩先、市民生活と都市とのインターフェイスの設計に関わること。

ぼくが住んでいる札幌というところは、日本には珍しく最初から一定のポリシーにそって造られた都市である。街路は碁盤の目状で道幅は広い。住所はいわば座標の数字だけで、口にすればタクシーはそこに連れていってくれる。原野にいきなり造られたのだから合理的な道路計画ができた。たぶんアメリカの地方都市をモデルに、馬車や馬橇《ばそり》の使用を前提に設計したのだろう。

しかし札幌にヨーロッパの都市の快適感は薄い。その理由は市街ぜんたいを視野に入れて考えてみればわかる。日本では都市デザインの構成ユニットが小さすぎて、逆に数が多すぎる。

バスの車内広告から広い通りの景観まで、細かなものが何の統一感もなくごちゃごちゃぎっしり詰め込まれている。どれもがちっこいくせに必死になって自己主張していて、色使いも言葉使いもとんがっている。当然それらは互いに消し合うから、結果としてはただ汚らしいだけ。目のやり場がないので目を閉じると、録音されたアナウンスメントの声が降ってくる。次の停留所を告げる放送に広告が割り込む。ああ、耳はふさげない。

建物についても同じことが言える。一つずつが背丈以上に目立とうとするから雑然とする。同じフレームが並ぶ中に個々の主張があればぜんたいは美しく見えるのだ。ロンドンのバスの車体と広告の関係はこの原理の上に成り立っている。文字と絵柄の配置や色使いに厳格な審査があるのだろう。

そう、大事なのは審査だ。行政機構の高い位置に権限のあるデザイナーがいること。都市ぜんたいのユニティーとそこに並ぶアイテム一つ一つのオリジナリティーとの間のバランスを考えてことを決める誰かが必要なのだ（こういうことを言おうとするとなぜカタカナ語が増えるのか？）。

東京の市街で言えば銀座通りと表参道はまずまず及第。建物の軒高もほぼ整っているし、看板の数とサイズにも抑制が働いている。どちらもリッチな地域だが、それならすべてはお金の問題なのか？　他の地域では予算がないから混乱に陥るのか？

ぼくは権限の配分だと思う。銀座通りでは街路そのものに備わる歴史と権威がデザイナーの発言力を強めた。新宿西口に都庁新庁舎が建った時は反発を覚えた。未来志向のビルが並んで地域の統一感ができたところへノートルダム寺院のごときものが割り込んだ。あれは公権力の主張が強すぎる。

さしあたっては札幌の市電とバスをなんとかしてほしい。一輛《りょう》ごとに違う絵柄のものが往来するのだ。中には醜悪としか言いようのない広告に全身を包んだものもある。私営各社のバスだって市の権限でぜんぶ同じ塗装にしてしまってもいいではないか。

景観が美しいだけでも観光客は来る。

（二〇一三年九月三日）

希望の設計と未来図

どんな場合にも希望は必要、そう人は言う。

考えてみれば希望はいつだってあるのだ。九回裏に逆転ホームラン、あるいはアディショナルタイムで長いシュートがキーパーの手をすり抜けてゴールに入る。それはいつでも起こり得る。

我々日本人は昔から無常観で生きてきたが、その考えによれば、すべては変わりゆくのだから悪い方への変化と同じようによい方に事態が向かう可能性も常にあるはずだ。

一神教ならばすべては神が決める。だが神意は測りがたいから何が起こるか人間にはわからない。つまり最後の審判の日まで希望はある。

個人だけでなく政治にも希望は必要だ。政治は国民の希望を操作する技術だとも言える。提示されるものが真の希望であるかどうか、国民はその点を見きわめなければならない。

ＮＨＫの朝の連続テレビ小説「あまちゃん」が大人気のうちに終わった。みんな気抜けして、これからは一日をどう始めようかと戸惑っている。

「あまちゃん」は政治ではないが、希望の扱いにおいて脚本を書いた宮藤官九郎の配慮は周到だった。

あの時期の東北の太平洋岸を舞台にするというのはハンディキャップだ。それを負うと決めたことがまず視聴者の興味を引いた。明るいことが建前の朝の連ドラでいったい3・11をどう扱うつもりなのか？

時期の設定がうまい。話は二〇〇八年の夏から始まる。やがて二〇一一年の三月十一日を経て二〇一二年の七月一日まで。この流れの中で震災が起こるのは話の八割を過ぎてからだった。

震災そのものをリアルに描かない。鉄道の被害は北三陸駅の中の模型で示されるし、広域の瓦礫《がれき》も映さない。

何よりもモデルの地を岩手県の久慈《くじ》にしたところが巧妙だった。ここは相対的に見ればまだ被害が少なかったところだ。死者四人行方不明二人を少ないとは言えないが

（たとえ一人だって遺《のこ》された者は辛《つら》い思いをする）、しかしドラマの登場人物の周辺で誰も亡くならなかったのは不自然ではなかった。

また北三陸鉄道のモデルになった三陸鉄道北リアス線は震災の五日後には久慈から陸中野田《りくちゅうのだ》まで列車を走らせていた。運と努力のたまものだ。

この地ならば復旧がうまくいった例として連ドラの舞台にできるし、更にその先に待つ復興への期待のうちに話を終えられる。

水を差すつもりはないが、被害も復旧・復興もあんなものではない、というのが被災地の人たちの実感だろう。本当はあの後が大変なんだという声もある。それでも震災体験を日本全体で共有するとなるとあれくらいが限度だったのか。なんといっても朝ドラ、一日の元気の元なのだからそんなに重いリアルな話にはできない。

それが希望の設計であり、ある意味で政治的な計算の成果でもあった。

さて、オリンピック。

今の日本、暗い話ばかりで嫌になるという声が高い。問題山積はわかっているけどしばらく忘れたふりをしてバーッとお祭りで景気づけ、という思いが（敵失もあって）うまく具体化したというところだろうか。首相の顔が往年の無責任男・植木等に重なって見えたりして。

七年後にお祭りというのは悪い話ではない。たしかに一つの希望ではある。ただその設計は「あまちゃん」には遠く及ばない気がする。

まず理念が問題。隣国との関係悪化とオリンピックの理想はどうやれば折り合いが付くのだろう？　いよいよひどいことになってボイコットされたらそれは日本外交の敗北である。

ロンドン大会の開会式のような成功を裏付ける文化的な資産はこの国にあるか？文化関係の予算は先進国中で最低レベルなのに。

ハードウエアの話がまず来るのはどういうことだ？　新しい国立競技場が大きすぎるという建築家の意見は無視できない。こんな大きな御神輿《おみこし》、祭りが終わったらどこに仕舞うんだ？

それでなくともハード先行ソフト軽視の国である。防災・減災というと真っ先に「国土強靭化《きょうじんか》計画」とか叫んでコンクリートに走る。釜石《かまいし》の子供たちを救ったのは防潮堤ではなく正しい方針に基づいた日頃の訓練だった。

そして、首相の「汚染水の影響は完全にブロックされている」という発言。本当にそうならいいけれど福島のここまでは嘘《うそ》と隠蔽《いんぺい》と失敗と漏洩《ろうえい》ばかりだった。それを承知でああ言い切ってしまうのが政治家なのだろうか。

オリンピックは七年後に向けた希望の表明であるが、その裏付けはまこと心許《こころもと》ない。「あまちゃん」は過去を素材にしていたから希望を構築できたが、オリンピックは未来だ。まさかぐらつく足下を凍結工法で固めるわけにもいくまいに。

（二〇一三年一〇月一日）

社会主義を捨てるか

かつては社会主義を信じていた。

社会は人間の知的な努力によってよくなると信じる。今あるこの社会は仮のもの、これを改善してもっと住みやすい、人々が幸福に暮らせるところにできると信じる。貧困や差別や戦争などの社会的な理由による不幸を減らすことを目指す。

社会主義を標榜《ひょうぼう》するソ連が崩壊した時、これはどういうことかと考えた。彼らは、人間は働くという前提の上に国を作った。利によって釣らなくても、国民は社会のために全力を出して働く（はず）。昇給やボーナスではなくノルマで働く（はず）。しかし、それは人間というものを過度に理想化した考えであり、だから社会主義経済は成り立たなかった。誰にでも金持ちになる機会があるというアメリカ式の幻想の方が人を働かせる効果があった。

しかし利で釣る方式をいくら合理化しても理想の社会は生まれない。利と理想は互いに排除し合うから。

革命という言葉に魅力があった。矛盾が行き詰まった時、すべてを一気に変える。しかし信頼できるリーダーは現実にはいない。つまり革命は理念でしかない。ぼくが学生運動に関わらなかったのは集団で何かすることが性に合わなかったからだ。六〇年安保闘争は敗北に終わり、連合赤軍は醜態をさらし、オウム真理教は理想主義を破壊した。

ヒトという種は知力によって環境を自分たちに合うように作り変え、文明を築き、個体数にして数十億まで栄えた。自然に対しては知力による制覇は可能だったけれども、お互い同士の仲について知力ないし理性はどうも有効でないらしい。我々は自滅の危機に瀕《ひん》しているように見える。

若い者が無責任なのは当然。今ある社会を作ったのは上の世代だから責任はない。やりかたが悪いからこんなになったので、自分たちならばもっとうまくやれるとついつい思う。そして理想主義に走る。言いたい放題。

しかし、戦後が終わって日本の社会が豊かになった頃から、若い者は理想主義と縁を切って現実的になった。島田雅彦が「サヨク」と片仮名で呼んで以来、左翼は戯画の中に押し込められた（右翼は最初から滑稽だったけれど）。自分たちは政治でも経済でも実権を持っていないから理想を語れるという、若い者と同じ「進歩的文化人」意識の終焉《しゅうえん》。なんでも反対という万年野党の終焉。

今、一九七五年生まれの中島岳志が『「リベラル保守」宣言』を唱える（新潮社）。エドマンド・バークと福田恆存と西部邁《すすむ》と佐伯啓思の継承者。

彼は保守として「人間の不完全性や能力の限界」を直視し、「不完全な人間が構成する社会は、不完全なまま推移せざるを得ないという諦念《ていねん》を共有し」、その結果「特定の人間によって構想された政治イデオロギーよりも、歴史の風雪に耐えた制度や良識に依拠し、理性を超えた宗教的価値を重視」すると言う。

その上で、さまざまな思想や信条・信仰の持ち主が互いに寛容であること、それぞれに異なる道を辿《たど》っても目指す理想は一つであることをリベラルの定義として、保守とリベラルは接続可能だと宣言する。

血気に逸《はや》ること、熱狂と狂信、性急な改革、排他性、などを退ける。これまでに築いてきたものを破壊することなく、その継承の上に次の段階を落ち着いて構築する。成熟した理性を信じる。

この宣言を前にして考え込んだ。

ロマン主義とは、ヨーロッパ中で勃発しやがて自滅した革命の「解放」の原理を崇高化したもの、とスタンダールは言った。

フランス革命の後の王党派の反動に対する文化の側の憤りがロマン主義を育てた。ベートーベンにあってバッハにないもの。粗雑で、野蛮で、たった一歩でも横に寄った位置から見れば滑稽に見える。だから例えば吉田健一は十九世紀のヨーロッパを否定した。

保守にしてリベラルにして寛容。

いいかもしれないが、そこに欠けているのは怒りだ。

目前のあまりの不正と矛盾に対する抑えようのない怒り。それは正に感情の働きであって理性では制御できない。自分の無力がわかっている分だけ苛立《いらだ》ちが募る。内部で圧力が高まると一気逆転を夢見るようになる。スタート地点ではテロリズムかもしれない。過激なデモかもしれない。それが国家的な範囲まで広まると革命になる。先の絵図が描けないままの転覆。例を挙げれば今のエジプト。

だが、化け物のような国際資本に吸血される貧しい国々を思うと、あるいは浮かれる自民党政権とこの国の格差拡大や最下層の困窮を思うと、怒りもまた自分の中の大事な資質であると気づかざるを得ないのだ。
もうしばらく社会主義者でいることにしよう。

（二〇一三年一一月五日）

高千穂の夜神楽

木綿や瀬戸物、薩摩芋《さつまいも》、こういうものが入ってきて庶民の生活がどれほど変わったことか、と柳田国男は「木綿以前の事」で力を込めて書いている。

麻に代わった木綿は肌触りがよくて美しい色に染めやすく、人々に歓迎されてあっという間に広く普及した。同じように木の挽《ひ》き物の椀《わん》しかなかったところへ「米ならば二合か三合ほどの価《あたい》を以《もっ》て、白くして静かなる光ある物が入って来た」。洗えばまっさらに戻る清らかな焼物の食器である。

今の言葉で言えばイノベーション。固定電話がケータイに変わりスマホに変わるような生活の変化。昨日より便利で快適な今日、更に進んだ明日。それを我々はずっと追いかけてきた。

Aが起こればそれはBになり、やがてCに至る、という構造化された時間を我々は生きている。時間は変化によって認知される。我々はこういう時間に幽閉されていて、逃れるのは容易でない。

先日、そうでない時間を体験した。宮崎県高千穂《たかちほ》町で晩秋に行われる夜神楽《よかぐら》の場に身を置いたのだ。広い町のあちこちの集落で夜ごと神楽が演じられる。普段は田や畑や職場で働く人々がこの時ばかりは芸能に力を尽くす。古来のプログラムに沿って、一夜のうちに三十を超す演目を神々の前で、神々になって、演じる。

十一月二十四日の黒口《くろくち》集落。ことは夕方、黒口神社の神事から始まる。ここに在《いま》す神をこの日の神楽宿までお連れする。

折口信夫によれば神楽とは神座《かむくら》、移動する神の器の謂《い》いである。その移動を目の当たりにした。また、神楽は夜を徹して行うのが本来の姿だとも。ここでその祖型に出会ったわけだ。

神楽宿は民家が本来だが最近は公共の場が多い。この日も黒口研修施設が会場で、庭に外注連《そとじめ》が設《しつら》えられ、焚《た》き火の炎が芳香を放っている（宮中の神楽ではこの火を庭燎《にわび》と呼ぶ）。

神は外注連から張られた糸を伝って屋内に入られる。舞いの場は天井から吊《つ》った「雲」

という作り物（高天原《たかまがはら》の象徴であるという）や、切り紙の細工を飾った注連縄《しめなわ》で四角く区切られている。
太鼓と笛と鉦《かね》に誘われて白い衣に白袴《しろばかま》の、「ほしゃどん」と呼ばれる演者たちが登場する。時にはそのまま、時には面を着け、色のある素襖《すおう》や狩衣《かりぎぬ》をまとい、採物《とりもの》として手に幣《ぬさ》や杖、弓や刀、鈴などを持った姿で舞う。
幣神添（ひかんぜ）
五穀（ごこく）
沖逢（おきへ）
袖花（そでばな）
……
演目の名前が美しいと思った。やまと言葉の響きと漢字の視覚的印象が歳月をかけて融合したさまを見るよう。
舞いは構造的でない。
始まって、続いて、続いて、続いて……ふっと終わる。歌がある場合も短い詞の繰り返しで、ストーリーを追うようには思えなかった。
それを茫然《ぼうぜん》として見るうちに、普段とは別種の時間に身を浸しているのを意識の底で知った。日常の癖で時折は腕の時計を見てしまい、針が思わぬ時刻まで跳躍していることに驚いた。

時おり青竹の器で振る舞われる焼酎の効果も手伝って、見物衆は日常から遊離している。深夜ともなれば会場の隅の方で寝こける姿もあったが、しかし早朝になっても演者の身のこなしには隙がない。

神の舞いで演者は神に扮する。「沖逢」では天村雲命《あめのむらくものみこと》以下四柱の神が面を着けない素面《すおもて》で、「五穀」ならば倉稲魂命《うかのみたまのみこと》以下五柱の神々が面を着けて舞う。

午後遅くに始まって翌朝すっかり明るくなるまで神楽は続いた。最後に神は帰り、高天原の雲を下ろして紙吹雪を散《ちら》して静かに終わった。

気づいてみれば前日は晴れていたのに朝になったら豪雨だった。それでもまだ庭燎は燃えている。

時間感覚の不思議さに目まいのする思いだった。

普段の暮らしではすべての時間は時間のパーツから成っている。それを時計が律している。演劇で言えばそれは「起承転結」のある構造化された時間である。

しかし夜神楽にあったのはつかみどころのない、パーツに分けられない、近代とは

無縁の時間である。敢《あ》えて呼べば雅楽にいう「序破急」の時間。始まって、長く続い

て、高まって終わる。それだけ。

かつて人々はこのような時間を生きていた。神々の世界に進歩や改良や便利はない。今のこれを時間と言うならば、「木綿以前」には時間はなかったと言ってもいい。

「開化の光りは、わたつみの胸を、一挙にあさましい干潟とした」と折口信夫が言うのは（「妣《はは》が国へ・常世《とこよ》へ」）この無時間の喪失のことだ、とようやく納得がいった。

（二〇一三年一二月三日）

ギリシャの不幸と財政ゲーム

ギリシャの友人が日本に来るという連絡を受けて、会う算段をした。マリアとは三十六年前にアテネで会って以来の仲。最も私的なことまでぜんぶ話せる貴重な友人だ。亡くなった夫が森慎一。大阪出身の詩人・俳人だった。お互いの日程を合わせると、会える場所は徳島県の鳴門しかない。こちらが出向いて、一日、淡路島に遊んだ。淡路人形浄瑠璃を見ながら若い時は文楽ファンだったと話し、マリアは昔、大阪で聞いた義太夫を思い出した。

彼女は日本暮らしも長く、生涯を通じての仕事は日本語の翻訳と通訳である。当然ながらぼくのギリシャ語より彼女の日本語の方がはるかに上等。

カフェで互いの最近のことをいろいろ話すうち、ギリシャの財政危機が話題になった。

時おりメールでも聞いていたが、実際の話、みんなとても苦しいと言う。

年金は原資を失って年ごとに半減・半減・半減……と指数関数的に減り、実感としてサラリーは無給に近くなった。

不動産は公示価格と実勢価格が逆転して、自分の家なのに固定資産税が賃貸料なみにかかる。政府は取れるところから税を取ろうと弱者に迫る。売ろうにも買い手がつくわけがない。

健康保険は崩壊、病気になっても病院に行けない。中流のはずの住宅地で深夜になると人々はゴミを漁《あさ》っている。教会の炊きだしには長い列。多くの国民にとって空腹は現実の脅威だ。

技術者は職を求めて遠い国に出稼ぎに行き、アラブ首長国連邦あたりの異質な文化と気候の中で呻吟《しんぎん》している。

その一方、税制の不備から所得を海外に送って貯め込んでいるリッチ層もいる。格差は広がる。

聞いていて、国が貧しくなるとはこういうことかと落ち込むばかり。

原因をマリアに聞いた。

政府が赤字を隠していたのが政権交代で発覚して信用が落ちた。

赤字の理由はリーマンショック以降の国際金融の混乱が連鎖の最も弱い輪であるギリシャに集中したからだ。

弱い輪だった理由の第一は官僚層の肥大などギリシャ国家の歪み。背後には公務員のポストを増やして票を得ようという政党のエゴがあった。

もう一つ見逃せないのは、戦乱の国々からの不法入国者。トルコ経由の流入は止められない。彼らは極端な低賃金で働いて労働市場を下から崩す。

一方、危機に際してEU各国はこの事態で弱小国がどうなるか見ようと実験動物扱いして救済を引き伸ばした。とりわけ、このゲームに一人勝ちしようと画策したドイツの責任は大きい。

ギリシャ人に固有の問題もあるだろう。個人主義的な彼らの国民性では、国際金融資本のジャングルは生き延びられないのかもしれない。

ギリシャはぼくが若い時に至福の二年半を過ごした国だ。移住したのは一九七五年、軍事政権が倒れた翌年で、人々は自由を喜んでいた。物価は安く、肉も野菜も本来の味がして、観光客も増加、未来は明るかった（テオ・アンゲロプロスの「旅芸人の記録」が公開されたのがこの年、全国ロングランになって、ぼくが見たのは翌年の四月だった）。

日本に戻って暮らすうちに、一九八一年、ギリシャがECに加盟したというニュースが伝わった。ぼくは大丈夫かなと思った。ドイツなどの先進国と比べればギリシャの国民平均所得はほぼ半分だ。下請けになっていいように利用されるのではないか。

その後、行くたびに社会がすさんでゆくのがわかった。とりわけアテネがひどい。ぼくは殺伐としたアテネでの用事を早く済ませてさっさとクレタなどに行くようにした。クレタの山村にはかつての至福のギリシャが残っていた。人々は陽気でワインはうまかった。

金融資本はなぜ人々の生活を駒にゲームをするのだろう？ 真面目に働く者がそれに応じた報酬を受ける、という単純明快な経済システムがどうして構築できないのだろう？

ゲームが、労働や愛や戦いと同じく、人間のふるまいの基本原理であるのはわかる。しかしゲームは逸走する。過剰を抑制する力は働かない。世界にはギリシャ人のように呑気《のんき》で少し身勝手な人間は多い。彼らに幸福の資格はないのだろうか。

翻って日本はいかがか？

景気がいいと言う声も聞くがどうも疑わしい。マネタリーベース（日銀が供給するお金の総量）で見れば、昨年四月末に流通していた通貨は八十七兆円、当座預金口座に六十二兆円。十一月末に当座預金は百一兆円まで膨らんだが流通は八十八兆円とほぼ変わらない。投資先なきまま資金は眠っている。

財政はあるところまで幻想のゲームである。ぼくにはアベノミクスはプラシーボ（偽薬）に思える。みなが効果を信じている間はいいが偽と気づいたとたんにすべてが崩落する。ギリシャの痛苦はそんなに遠いところの話ではない。

（二〇一四年一月末掲載）

独裁と戦争

年が改まっても政治は継続する。

その一方、変化の兆候も多く、別の時代に入ったようにも思われる。

懸念は独裁と戦争。

昨年末の十二月二十七日、沖縄県の仲井真弘多《なかいまひろかず》知事が辺野古《へのこ》の埋め立てを承認した。普天間《ふてんま》基地の県外移設を口にして安倍政権に抵抗の姿勢を見せていたのが一転、事実上、県内移設を認めると言った。

しかも、政府が提案した条件について「驚くべき立派な内容」とか「有史以来の予算」とか、正に歯の浮くような賛辞を並べながら、なぜ方針を逆転したかについては何の説明もない。ひょっとして彼はまぶい（魂）を落としたのか。

民主主義を駆動するのは言葉だ。県知事である仲井真がこれほど重大な判断についての詭弁《きべん》を弄《ろう》するのは、それ自体が民主主義に対する違反である。「五年以内に普天間の運用停止」という言葉には何の裏付けもない。辺野古に移す案を進めておいて、どこに県外移設の見込みがあるというのか。

普天間＝辺野古は沖縄だけの問題だろうか？　水俣を、福島を、それぞれの地域に住む「不運」な人々だけの問題としてよいか？

その地域の外に住む我々は、彼らの受苦を共有しようとしてしきれないことを悔やんできた。しかし、このところの推移を見ていると、この先は国民みんなが受苦の民になりかねないのだ。

去年の十一月、北海道の猿払《さるふつ》村で起こったことも一連の流れの中にある。旧陸軍浅《あさ》茅《じ》野《の》飛行場の建設に動員されて亡くなった朝鮮半島出身者の追悼碑の除幕式が、形式的な理由で中止された。我々の中にあるお詫《わ》びと哀悼の思いの表現が封じられた。

表現を封じると言えば、特定秘密保護法の強行採決ということがあった。これについてはたくさんの反対意見が出た。そもそもこの法は「何が秘密であるかは秘密である」という原理的な矛盾を含んでいる。「すべてのクレタ人は嘘《うそ》つきである、とあるクレタ人が言った」と同じ類いの撞着《どうちゃく》。違反者が裁判にかけられたとして、その裁判の要点は秘密になる。民主主義国の公正な裁判ではなく、ほとんど軍法会議だ。

日本国の政治の基本原理は主権在民である。だからこの国で作られたものはすべて国民の資産であって、情報もまた同じ。それを官僚が独占し、六十年に亘《わた》って隠すというのは国民の資産の横領に他ならない。

特定秘密保護法を求めたのはアメリカだと言われるが、何が目的なのだろう？　ジュリアン・アサンジとエドワード・スノーデンが大量の国家機密を開示した。それでアメリカは情報の囲い込み策を強化した。ドイツの首相のケータイを盗聴していたことがばれたとなれば、次はばれないようにと考えるのは当然。そこで内部告発を厳罰化した。

しかし日本の場合、ことはそのレベルには収まらない。安倍自民党はこの国を着々と一定の方向へ持っていこうとしている。行く先は危険な領域であり、舵《かじ》の切りかたは腕力主義、力ずくというように近い。日本は戦争ができる国、戦争をしようとしている国に、まるで変身ロボのように形を変えつつある。プリウスが戦車になる。

白井聡の『永続敗戦論』に鋭い指摘があった。日本は戦後すぐ民主主義に移行したが、韓国と台湾は軍事独裁政権が続いて民主化はずっと遅れた。その理由を白井はアメリカの意向と読む。ソ連とにらみ合う冷戦の状態では、前線の国を民主主義に委ねるわけにはいかなかったのだ。日本は海を隔てて後衛の位置にあったから手綱を緩めてもらえた。

では我々は中国と冷戦の状態に入ったのだろうか？　本当にそうなのか？　それでいいのか？

安倍首相は居丈高に対決の姿勢を誇示する。この時期に靖国神社に参拝したのは挑発と受け取られてもしかたのないふるまいだった。アメリカまでが強い不快感を示した。

係争の地域では武装した艦船や航空機が小競り合いを続け、中央政府の間には意思疎通の回路がない。これは偶発戦争に繫《つな》がる構図である。この時期に識者は、第一次世界大戦が偶発的に起こったことを指摘している。

安倍政権の本質を露《あら》わにしたのが「デモはテロ」という石破自民党幹事長の発言だった。国政の中枢にある人が主権在民の原理を理解していない。間違えないでほしいが主人は我々。我々があなたを雇ったのだ。

民主主義は選挙を出発点とするが、選挙結果は全権委任ではない。とりあえず預けただけであって四年間の勝手放題を許した覚えはない。官僚も議員も、我々が時期を限って権限を委託したに過ぎない。

尾が犬を振ってはいけない。決めるのは彼らではなく我々である。

（二〇一四年一月七日）

第一次世界大戦の教訓

先月のこの欄でぼくは尖閣諸島の事態についてこう書いた――

「係争の地域では武装した艦船や航空機が小競り合いを続け、中央政府の間には意思疎通の回路がない。これは偶発戦争に繋《つな》がる構図である。この時期に識者は、第一次世界大戦が偶発的に起こったことを指摘している」。

識者というのはたとえば国際政治学者の藤原帰一さん。「あの大戦は、当事者も起こるとは思っていなかった……英国の参戦はドイツには想定外だったし、四年も続く大戦争になるとは誰も考えていなかった」と彼は言う。

あの時期のヨーロッパ諸国にはさまざまな対立や同盟の緊張関係があった。いわば火が着いたら容易に消せないほどの薪が積んであった。

一九一四年六月のサラエボの暗殺事件は火花一つでしかなかったが、着火にはそれで充分だった。「クリスマスまでには終わる」と言われながら戦争は足かけ五年続き、兵士だけでも九百万人が死んだ。

政治とはコントロールの技術である。たとえば経済という巨獣にたづなをつけて国民に利をもたらすように誘導する。

ちなみに「政治」は西欧語で「ポリティク」つまり「ポリス（都市国家）の運営」だが、ギリシャ語には「キベルニシス」という言葉もある。政治・行政・統治の意で、直訳すれば「舵《かじ》を取る」。スクリューでもエンジンでもなく舵だ。

その舵がいつも利くとは限らない。そもそも戦争とは出力過剰の状態であって、舵は利きが悪くなる。第二次世界大戦で言えば、一九四一年の十二月に真珠湾で始まった太平洋戦域の戦いが、翌年六月のミッドウェイ海戦を境に後はずっと負け戦だったのに、日本政府は三年かけても終結に持ち込めなかった。挙げ句の果ての原爆二発。

それ以前はもっとひどい。中国戦域では一九三一年九月の満州事変以来十四年間に亘《わた》って戦争状態が続いた。出先機関である関東軍が東京の政府の言うことを聞かない。

先月、ぼくが今の日本と中国の対峙《たいじ》の構図に第一次世界大戦を重ねたのは警告のつもりだった。係争地で偶発的な衝突が起きて、中央政府の間に意思疎通の回路がなければ戦線は拡大する。薪に火が付き、戦闘が戦争になる。そうなっては困る、と言いたかった。

そうしたら、一月二十二日、安倍首相はダボスで第一次世界大戦から百年目の今年、領土問題をきっかけに日中間に「偶発的な衝突が起こらないようにすることが重要だと思う」と言った。

言うまでもないが、ぼくと首相では立場が違う。同じ歴史を踏まえた発言であるが、首相はそういう展開があり得ることを明言してしまった。軽率な発言である。

別の場で彼は「残念ながら今、（中国との緊張緩和の）ロードマップがあるわけではない」とも言っている。あるわけではないって、それを作るのがあなたの仕事でしょうが……

今、事態はものすごく危ないことになっている。安倍首相は自分の靖国詣でをアメリカ大統領のアーリントン墓地参拝になぞらえ、アメリカは怒った。それは当然、アーリントンに戦争犯罪人は葬られていない。死者を汚《けが》すことになると人は誰も感情的になる。それとこれとを一緒にするなと憤る。

第二次世界大戦で我々は負けた。アメリカに負け、中国に負けた。この事実を踏まえての戦後世界の運営なのだ（今更言うまでもないが「国連」とはあの大戦の「戦勝国連合」であり、中国はその一員である）。この構図を引っ繰り返すにはまた戦争をする覚悟が要る。安倍さんにはそれがあるのかもしれないが、ぼくにはない。中国との全面戦争なんてまっぴら御免。

今の段階ではことはパブリシティーの戦いに収まっているが、そこでも日本は負けている。ぼくはそれに荷担するつもりはないから、日本政府・官邸・安倍首相がぼこぼこに負けていると言おうか。

駐仏中国大使が、安倍首相の靖国参りはドイツの誰かがヒトラーの墓に詣でるようなものだと言った。もちろん間違い。ドイツ人はヒトラーの墓を造らなかった。今に至るまで徹底してあの男を忌避している。彼の罪について再考の余地はない。

だからこそ、この重ね合わせは効果的だし、きついのだ。

それを承知の上でまだ安倍首相が同じような発言と行動を繰り返すとすれば、彼は本当にどんどん薪を積んでこの国を戦争に引き込むつもりだと思わざるを得ない。

ぼくの友だちが言った――「ここで戦争をしなければならないほど日本の経済は逼《ひっ》迫《ぱく》してるのかな」。

まさか、でも、しかし……そういう種類のバブリーな経済を信奉するのがあの首相だとすると……そこに原発再稼働を重ねると……

（二〇一四年二月四日）

原発安全神話の独り歩き

「エネルギー基本計画政府案」が発表された。原子力規制委員会で安全性のチェックを通った原発は「再稼働を進める」と明記された。

彼らは三年前に起こったことを忘れたのか。どの口で「福島はなかったことにしよう」と言えるのだろう。

一度あの時点に戻ってみよう。

地震が起き、津波が襲来し、福島第一原子力発電所はすべての電源を失った。1号機から3号機までがメルトダウン。その後、水素爆発、冷却水漏れなどで大量の放射能が放出された。

「それでも収まったじゃないか」と彼らは言うだろう。我々は運がよかった。

では運が悪かったらどうなっていたか。自衛隊統合幕僚監部が作った作戦計画は事態の展開を四段階に分けた。その第三段階は「1号機から4号機の連鎖的メルトスルーの場合の半径250km圏内の治安活動。ここでは、プルーム（放射能雲）が6時間後には東京を含む首都圏全域に広がると想定」。第四段階は「複数の原子炉や格納容器が爆発し、制御不能状態となった場合」である。

アメリカ軍も事態を深刻に受け止めた。そのプランを知った自衛隊の幹部はアメリカが「日本破滅のシナリオ」を想定していると考えて戦慄《せんりつ》した。

「その時、日本は東日本を失うか否かの瀬戸際にあった」。首相・菅直人は更に先まで考えた――日本が自国で事態を収拾できなければ、「米国やロシアなどの外国から『占領』されるかもしれない。／国民のいのちと安全を、そして国を守ることができない破綻《はたん》国家となる」。

ぼくはこれを船橋洋一の『原発敗戦』（文春新書）から引用している。福島第一と第二次世界大戦の敗北を重ね合わせて解析した興味深い本だ。

実際には東日本の壊滅や外国勢による占領には至らなかった。その理由の第一は現場の人たちの文字通り必死・決死・懸命の努力だったが、それと並んで、いくつもの偶然が我々に幸いしたということがある。地震と津波でわかるとおり、自然には偶然しかない。やばい博打《ばくち》のサイコロが、たまたま日本破滅の寸前で止まった。

日本の国土はプレートの境界線上にあって、地震と津波と火山の噴火のリスクが大きい。原理的に原発に向かないところなのだ。

それとは別に、社会を運営する能力、すなわちガバナンスの問題がある。船橋が最も力を入れて説くのはここだ。彼は3・11を六十六年前の敗戦と比較する。日本人は何も変わっていないと言う。

具体的には――

○絶対安全神話に見られるリスクのタブー視化。
○縦割り、たこつぼ、縄張り争い。
○権限と責任を明確にしない。指揮命令系統を作れない。
○明確な優先順位を定めない「非決定の構図」と「両論併記」。

などなど。

この実例は原発にいくつもあった。

例えば、二〇〇〇年の時点で(!)内閣官房は「原子力災害危機管理体制に関する調査報告書」を作成している。内容は、他の国はもっと真剣に非常事態のプランを用意している、という進言だったが、ほとんど無視された。起こってほしくないことは起こらないという絶対安全神話の独り歩き。日露戦争に勝ったのだから対米戦争にも勝つはず、という東條英機の幻想が二十一世紀まで続いていた。

旧日本軍には下士官兵は優秀だが参謀が弱いという致命的な弱点があった。それは福島でも変わっていない。福島第一原発の吉田昌郎《まさお》所長は英雄的に動いたが東電本店はただ右往左往するばかり。

船橋は、これを日本固有の文化の問題と捉えてはいけない、と言う。

ゼロ戦にはパイロットを守る背後の防弾板がなかった。身軽になった分だけ格闘戦に強いが、後ろに回られたらあとがない。日本の原発も同じで、運転効率はいいが事故に弱かった。

だからと言って、攻めに強く守りに弱いのが日本の組織、と認めてしまってはいけない。文化のせいにすれば反省の余地がなく、進歩がない。無責任。

そうかもしれない。

しかしぼくには、彼らが反省して態度を変えるとはとても思えないのだ。

この三年で東電や経産省や肝心の時に敵前逃亡した原子力安全・保安院などの体質が変わっただろうか？　同じ人々が同じ組織で互いに庇《かば》い合って、省益・社益を守っている。この三年間の隠蔽《いんぺい》とごまかしと厚顔無恥を見ていればそれは歴然。変わる見込みは「永遠にゼロ」だ。

船橋さんの周到な情報収集と鋭い分析を尊敬しつつ、そこからぼくは別の結論に至る――国土の脆弱《ぜいじゃく》性だけでなく、文化と国民性から判断しても、他の国はいざ知らず、我々は原発を動かすべきではない、と。

（二〇一四年三月四日）

災害体験という資産

仙台市若林区荒浜は二〇一一年三月十一日二十二時すぎ、たくさんの遺体が見つかったと最初に報じられた場所である。

先日、三年後のその日に再訪して荒涼たる風景の中に立った。慰霊碑はあるが見渡すかぎり平坦《へいたん》なまま。瓦礫《がれき》は片付いていても、空虚なのは震災の四週間後に見た時と変わらない。

そこから車で二十分走ると賑《にぎ》やかな仙台駅前。更に二時間足らずで東京の喧噪《けんそう》。この落差は何だろう？

大船渡から気仙沼・南三陸・石巻を経て女川まで国道を車で走って、行く先々で友人たちに会って話を聞き、いくつもの遺構を見た。延々、荒野と重機とダンプと土木関係の人々と仮設住宅。茶色と黄色と灰色。車で走り抜けて何がわかるわけでもないが、それを見に行けと促すものがある。

災害体験は我々にとって資産だ、とぼくは思っている。

大船渡市で大事なことを聞いた。ここは津波の被害の割には人的損失が少なかったのだそうだ（これは人間を数に換算する冷酷な論であり、慰霊の思いとは隔たりがあるのだが、しかし未来に向かってはこういう考えかたをしなければならない）。

岩手県内で三桁《けた》以上の死者・行方不明者を出した自治体は六つあった。仮に津波の力が損壊した家屋の数に比例するとすれば、これが六つの自治体のすべてでほぼ三千から四千の間に収まっている。不思議な一致だが、自然は公平だったとも解釈できる。

それに対して、人口に対する死者・行方不明者の数の比はところによって大きく異なる。大船渡は一・〇％なのに陸前高田では七・六％が亡くなった。大槌町では八・二％。

なぜ大船渡では助かった人が多かったのか？　理由は一九六〇年のチリ津波の体験にあるという。太平洋の反対側で起こった地震が津波を生み、延々と日本まで届いた。あの時に国内で五十三名という最も多くの死者を出したのが大船渡だった。

彼らはこれを教訓にした。

行ってみればわかるが、大船渡では市役所も県立病院も合同庁舎も地元紙の社屋も、国道45号から上の高いところにある。ぜんぶ移したのだ。

市民の意識も高かった。3・11の津波の数時間後には混乱のさなかの市役所に大量のお握りが届けられた。海から遠くて津波の被害のなかった集落の町内会が率先して動いたのだ。

土建業の人たちは翌日から市の要請に応じて、また地域によっては自発的に、瓦礫を片付けて道路を確保した。倒壊した建物の中で生存者が見つかっても、道路がなければ救出できない。

以前から市民の間に心の準備があったのだろう。津波は恐《こわ》いと知っていたからこそすぐ避難したのだろう。

もちろん自然条件が有利に働いたこともある。大船渡は狭い湾の奥にあって、津波の勢いは速く高くに及んだが、しかし逃げるべき高台は近かった。広い平野に位置する陸前高田では高いところはとても遠い。

それでも普段の意識が生存率の差を生んだと言えないか。

陸前高田の温室の中で、お茶と駄菓子を前におばさんたちと震災遺構のことを話した。津波などで破壊された建物を取り壊すか残すか？　市は市役所も市民会館も壊してしまったがあれでよかったの？

取り壊したいのは見るに堪えないからだ。その場所での死者が思い出され、自分自身の恐ろしい体験も甦《よみがえ》る。その辛《つら》さは察するに余りある。

残そうと言う人は、辛いからこそ残そうと言う。何が起こったのか、水はどれほどの力でどこまで来たのか、次世代のために脅威を具体物で残す。

陸前高田の米沢祐一さんは三月十一日、会社兼自宅に一人でいた。地震が起こって津波が来て、上へ上へと逃げ、三階から屋上に登って、更に塔屋《とうや》の上まで登った。目の下に水が迫るのを見たが、しかし水はそこで止まった。やがてヘリで救出された。

米沢さんはこの自宅を震災遺構として残した。行ってみたが、見上げる遥《はる》か上に「津波到達水位」と書いてある。自分が立っているこの地面は十数メートルの水の底だったのだと実感される。

無責任を承知で言うが、悲しみは時と共に薄れる。一方、津波の恐ろしさを伝える遺構の価値は時と共に増す。広島は原爆ドームを残したが、長崎は浦上天主堂を残せなかった。

七十四人の生徒と十人の教職員を失った石巻市立大川小学校の校舎は残っている。真相究明は進まず、亡くなった子の親たちは裁判に訴えた。

ここの場合の遺構は校舎よりも（この中で死者は出ていない）裏山そのものである。見れば、小学生がここを登るのは実に容易だとわかる。なぜこちらに逃げなかったのだ、と地形が問いかける。

（二〇一四年四月一日）

函館の憤怒・日本の不幸

民主主義にとって、合理と平等は大事な原理である。

独裁者の国では不平等は当たり前であり、国民が不合理と思うことも為政者の意思ならば通ってしまう。

民主主義国では、政策について、それが合理でありまた平等であることを国民に説明する義務が国にある。

函館市が国を相手に、津軽海峡を隔てた青森県大間町に造られている原子力発電所の建設差し止めを求める訴訟を起こした。

原発を造るには地元の同意が要る。しかしこの場合の地元とは立地自治体だけであって函館市はこれには該当しない。立地自治体は経済的に潤う仕掛けになっているから大抵は同意する。それを福島県の大熊町と双葉町はどれほど悔やんでいることか。

その一方、国は福島第一原発の崩壊の後で防災重点区域を原発の八〜十キロ圏から三十キロ圏に広げた。この範囲に含まれる自治体には避難計画を策定する義務が生じた。建設の是非に関して何の発言権も見返りもないまま義務のみが課される。

羽田空港のすぐ南に東京電力の東扇島《ひがしおおぎしま》火力発電所がある。天然ガスを燃やして電気を作るところで、出力百万キロワットが二基。

ここから千葉県の君津市までは海を挟んで二十三・三キロある。これは大間原子力発電所と函館市汐首岬《しおくび》の距離とほぼ同じ。函館の市街地までなら三十三キロで、東扇島から千葉市役所までより近い。

もしも東扇島に原発を造ると言ったら君津市や千葉市はこれを許容するだろうか？　対岸の火事は見ていればいいが放射能は風に乗って襲来する。晴れた日には汐首岬から大間の建設現場のクレーンが見えるという。

函館市は何度か工事の凍結を要請したが無視され、しかたなく訴訟という手段に出た。自治体に原告となる資格があるか否かが関門だという。利害関係がなければ提訴できないのが法の規定だが、事故が起きれば近隣の自治体が崩壊するのは福島の実例から明らかだ。つまりこれは自治体の生存権の問題である。

避難計画の策定にも疑問いろいろ。

もしも地理的な条件などによって所定の時間内に避難が困難だと判定されればその原発は運転しないのか？　気休めでしかないとしたら策定には何の意味もない。

浜岡原発について静岡県が作った計画では、三十一キロ圏内にいる八十六万人が避難するのに三十時間以上かかるという結果になった。福島第一は避難指示の十八時間後に爆発が起こった。住民の被曝《ひばく》は避けられない。

政府は今、日本の原発は「世界で最も厳しい水準の規制基準に適合する」と言っている。その根拠は何かと菅直人氏が質問主意書を送ったところ、四月二十五日、安倍首相は「世界最高水準の基準となるよう策定した」からという答弁書を返してきた。

これはただの同語反復ではないか。

フランスでは航空機の衝突に耐えられるよう格納容器の壁を二重にし、メルトダウンへの対策も講じているが、日本の原発にその配慮はない。もしも北朝鮮のミサイルが……

政府は、原発を動かせないから我が国は貧乏になったと言う。「国富が流出する」などと、怪我《けが》で血が止まらないようなことを言う。

だが、震災前の二〇一〇年度と後の二〇一三年度を比較すれば、天然ガスの輸入量は二十五％増したが、原油の輸入は僅《わず》かながら減った。原発が動かないのにこの程度で済んだのは我々みんなが節電に励んだからだ。

それでも出費が大幅に増えたのは原発が稼働していないからではなく、アベノミクスが円安を誘導した上に燃料の国際相場も上がったためである。

電力会社は再稼働待ちの態勢で、効率の悪い古い火力発電所の建て替えなどの投資を控えている。


原発は経済的というのは電力会社とその周辺の人々にとっての話であって、国ぜんたいとしてみれば恐ろしく高い買い物になる。使用済み核燃料の処理、放射性廃棄物の保管、老朽化した原子炉の解体。福島第一の始末を別にしても、未知の課題が山積みで、そのコストは計算に入っていない。停《と》めたら隠れた赤字が明らかになるから無理にでも動かす、という問題先送り体質。

話をはじめに戻すと、原発は経済的負担における平等という原理に反する。大間と函館についても負担と対価という点で平等の原理に反する。函館にとって大間はリスクと義務ばかりで何の利もない。つまり函館市民は政府によって差別待遇を受けている。

原子力発電に関して政府の言うことは合理の枠を大きく逸脱している。筋が通らない。

これはいつまで続くのだろう。

（二〇一四年五月一三日）

死地への派遣

集団的自衛権を巡る政府のふるまいはどう見ても論理的一貫性を欠くようなのだが、やはりこのまま無理を通すつもりなのだろうか？　道理は引っ込むしかないのか？　道理のいくつかを述べる。

彼らが回避しようとしている日本国憲法第九条には「国の交戦権は、これを認めない」という文言がある。そういう規定のない交戦自由のアメリカの軍隊と交戦権を持たない日本の自衛隊が同じ立場で肩を並べて戦えるものだろうか？　その場合、憲法は停止状態ということになる。これは国家乗っ取り、すなわちクーデタと同じではないか。

一九六〇年三月三十一日の参議院予算委員会で時の首相・岸信介は「よその国へ行ってその国を防衛することは日本の憲法ではできない」と明言した。「日本は他衛権は持っていない」と。安倍首相は祖父の言葉をどう考えていらっしゃるのだろう？

ある種の職業は危険を伴う。その職に就く人は危険を承知している。例えば、全国で十六万人ほどいる消防士は毎年数名が殉職している。率にして〇・〇〇五%ほど。我々の社会はこれを受け入れている。

自衛隊員はどうだろう？

五月二十三日に横須賀で潜水訓練中の海上自衛隊員が死亡した。民間の潜水士だって時には事故に遭うのだから、自衛隊の場合も「ある種の職業は危険を伴う」の範囲に入るのかもしれない。

一九五〇年に自衛隊の前身である警察予備隊ができてから二〇一三年までの自衛隊員の殉職者数は合計で千八百四十名。年平均で二十九名弱。全自衛隊員の数は二十二万強だから、消防士よりはだいぶ危険率が高いのだが、それでも我々はこの危険率を受け入れている。

東日本大震災での自衛隊員の殉職は二名と伝えられる。あの時期の自衛隊の活躍は目を見張るものがあったし、現地の人々は心から感謝した。

その一方で、自衛隊員や消防士ではなく消防団員が二百五十四名亡くなっている。彼らは自分の安全は二の次にして、走り回って住民の避難を促した。みなが山の方へ避難しているのを見送って、彼らとは逆に海岸に行って水門を閉じようとした。間に合わなくて津波に巻き込まれた。ぼくの友人はそれでも九死に一生を得た。社会と個人の間に運命がこういう事態を強制することがある。

東日本大震災の時、福島第一原子力発電所で吉田所長が「高線量の場所から一時退避し、すぐに現場に戻れる第一原発構内での待機」を命じたにも拘《かかわ》らず、所員の九割は約十キロ離れた第二原発に行ってしまったという[*1]。

吉田さんは亡くなっているし、ことの真偽はわからない。問題は彼らが職場を放棄したことに理はあったかということである。

正に非常事態・緊急事態であって、なんとしてでも対策を講じなければ本州の何割かは人が住めないところになっていた。対策ができるのは現場の人々だけだった。だがそれは外からの理屈であって、彼らにすればまず自分の身の安全を考えるのは当然である。なぜならば彼らはそれほどの危険を伴う仕事だとは知らされていなかったから。チェルノブイリの死者たち（最小限に見積もって）三十三名など遠い異国のことだと思っていたから。

危険率を隠していたのはいわゆる原子力村の安全神話である。彼らは目を背けて危険はないことにしていた。

国家には選ばれた一部の国民を死地に派遣する権限があるのだろうか？　非常に危険率が高いとわかっているところへ送り込むことができるのだろうか？　それが自衛のためだと言うならば、国の生存権と個人の生存権の関係についてはもっと議論が要る。

今の自衛隊員は憲法第九条があることを前提にこの特殊な職に就いたはずである。自衛のための出動はあるが（東日本大震災はその典型）、他国での戦闘はないと信じて応募した。

だとしたら彼らには次の安定した職を保証された上での転職の権利がある。そんなつもりではなかったと言う権利がある。戦場には殺される危険と同時に殺さなければならない危険もある。その心の傷はとても深い。あなたは見ず知らずの人間を殺せるか？

イラクに派遣された自衛隊は一人も死なず、（たぶん）一人も殺さずに戻った。憲法第九条が彼らを守った。

それでも帰還隊員のうちの二十五名が自殺したという報道がある。一般公務員の一・五倍と普段から自殺率の高い職場ではあるが、イラク後はそれが一桁《けた》上がった。*2　戦場の緊張の後遺症が疑われる。

聞くところによると、集団的自衛権を熱心に推しているのは外務省で、防衛省は消極的なのだという。戦争になっても外交官は血を流さない。

（二〇一四年六月三日）

＊1　朝日新聞は二〇一四年九月十二日付で、記者が吉田調書を読み解く過程で評価を誤ったとして「命令違反で撤退」の記事全文を取り消し、謝罪した。

＊2　東京新聞は二〇一五年六月二十五日付で、「イラク帰還隊員25人自殺」の記事について、帰還隊員の自殺率の求め方、比較の仕方に誤りがあったとして「一般公務員の一・五倍とただでさえ自殺者が多い自衛隊にあっても極めて高率だ」などの文章を削除し、おわびをした。

喧噪を遠く離れて

今は声高に言わなければならないことが多い。

人には言いたいことがあり、それらのメッセージを伝える手段がある。広く遠く届くものと、慎《つつ》ましくつぶやかれるものがある。

安倍政権は今の日本社会のメッセージ・システムを巧妙に使っている。

まず彼らは二〇一二年の総選挙で有利な立場を確保した。小選挙区制度を利用して有権者の二割の投票数で衆院議席の六割を得た（言うまでもなく、投票は一票ずつが有権者のメッセージである）。選挙後には累々たる死票《しにひょう》の山。

次に安倍首相は感情に訴えるメッセージで支持を集める。感情は理性を超えやすい。

米軍の艦船が戦場から日本人の民間人を乗せて運ぶという状況を呈示して、自衛隊がそれを支援しなくていいのかと訴える。

これはフィクションだ。そんな状況があったとしたら、米軍はまず自国民の救出を優先するだろう。日本人など二の次三の次だろう。だいいち、そこに自衛艦がいるのなら自分で救出すればいいではないか。

こういうことを論じているとどうしても熱くなる。まるでサッカーの観戦だ。そして、ぼくのような非戦主義者はこのところアウェー感が強まっているからいよいよかっとなりがちで。

憲法解釈についての安倍政権のやりかたは明らかにオフサイドだ。それどころか彼らは衆を恃《たの》んでゴールポストを担いで動かしている。そんなサッカーがあるか！

そう思ったところでふっと深呼吸をして、興奮を静め、感情高揚の呪縛から自分を放つ。

自分の人格の中で政治的意見に関わる部分はそんなに大きくはない。本当ならばたった今の政治の惨状などから離れて、人間というものを悠然と広く見る視点に立ちたい。下品で浅ましい争いに背を向けて一人になりたい。

黙しよう。

メッセージの回路を断とう。

「大いなる沈黙へ」という映画を見た。

副題に「グランド・シャルトルーズ修道院」とあるとおり、フランス東部にある修道院のドキュメンタリーである。

不思議な映画だった。

作為がない。あるいは作為が見えないように作っている。映画づくり全体が引き算の原理の上に成り立っている。

例えばズームという技法を使わない。これを見せたいという対象に視点が寄らない。目の前に繰り広げられるものを淡々と映すのみ。ここでこういうことが起こっていますと低い声で報告するのみ。実際は何も起こっていない。修道院の日常の光景があるだけ。

声もない。ここでは沈黙が戒律であり、僧たちの間にもほとんど会話がない。個室での祈りもわずかに唇を動かすだけで、声に出しては祈らない。

映画音楽による感情の誘導もない。あるのは定時の祈りを促す鐘の音と僧たちの合唱、風や雨など自然界の音ばかり。

映像を説明するナレーションもない。観客は目に見えるものだけを素材として自分で意味を抽出しなければならない。映像は希薄であり、似たようなイマージュが間をおいて何度も繰り返される。

何かが隠れている。観客は幾人もの僧に出会うし、ネコやヤギも出てくるが、どの場面にも見えない主人公が遍在している。すべての祈り、すべてのふるまい、すべての視線はそちらに向かっている。そこにいるのは神だ。

僧たちは祈ること、神に近づくことに専念している。他のことはどうでもいい。個室の一隅で小さくつぶやかれる言葉だって神は間違いなく聞き取るから、大きな声で祈る必要はない。イエスは「祈る時は部屋で一人で祈れ」と言った（「マタイ伝・第六章」）。

神との間に一対一の関係を作り、それを堅持し、どこまでも深める。同じ姿勢で生きる者が共同生活をして支え合う。

単純明快なこの生きかたを実現するために修道院という場があり、それを歪《ゆが》めずに伝えるためにこの映画が作られた。汚《けが》してはならないものを汚さないよう、撮影にも編集にもいくつもの制約が課せられた。だから引き算。

観客も忍耐を強いられる。見る者に対してこんなに不親切な映画はない。それはつまり俗物たる我々と祈る僧たちの間にあまりに広い隔たりがあって、その間を繋《つな》ぐのが容易でないからだ。細い糸はすぐにも切れる。

ほとんど動きのないスクリーンを見て睡魔と戦ううちに、次第に僧たちの生活のリズムがこちらに乗り移る。浄化などと安直に言いたくないが、こんな風に生きている人がこの世界にいることを知って、安堵《あんど》のため息をつく。

（二〇一四年七月一日）

弱者の傍らに身を置く

この半年、『古事記』の現代語訳という仕事をしてきて、ようやく最後のページに辿《たど》りついた。へとへと。

『古事記』は神話と系図と歌謡から成るのだが、そこに天皇という太い軸が一本すっと通っている。

「天皇」とは「天」によって権威を保証された「王」である。世界の始まりの時、まず神々が生まれ、大地が生成し、神たちはどんどん増えて、その中の一人が地上に派遣され、人として統治の任に就いた。初代神武天皇はまずもって平定者であり国家建設者であった。

「上巻」はほとんど神話。それが「中巻」から「下巻」へと進むにつれて人間らしい話が増えてゆく。夫と兄とどちらが大事かと兄に問われて、思わず兄と答えてしまった后《きさき》（沙本毘売《さほびめ》）の悲劇など、古代人のまっすぐな心の動きがよくわかる。

訳し終えて、やはりこれは王たちの物語だと思った。つまり、世界のあちこちにあった王族の由来譚《たん》の一つ。しかし神話から歴史に戻ってその後を見ると、「天皇」はずいぶん特異な王権である。藤原氏による摂関政治のあたりから武家政治を経て幕末まで、ほとんど権力を行使していない。

天皇の責務は第一に神道の祭祀《さいし》であり、その次が和歌などの文化の伝承だった。国家の統治ではない。だからこそ、権力闘争の場から微妙な距離をおいて、百代を超えるとされる皇統が維持できたのだろう。後鳥羽院はまず超一級の詩人で、次いで二級の君主だった（それでも天皇にしては政争過剰）。こんな王が他の国にいたか。

千年を超える祭祀と文化の保持の後に維新が起こり、ヨーロッパ近代が生んだ君主制が接ぎ木される。島国は島のままではいられなくなった。グローバルな戦争の果てに、昭和天皇は史上初めて敗者として異民族の元帥の前に立たされた。この人について大岡昇平は「おいたわしい」と言った。一人の人間としての昭和天皇の生涯を見れば、大岡の言葉はうなずける。

七月二十二日、今上と皇后の両陛下は宮城県登米《とめ》市にある国立のハンセン病療養所「東北新生園」を訪れられた。これで全国に十四か所ある療養所すべての元患者に会われたことになる。

六月には沖縄に行って、沈没した学童疎開船「対馬丸」の記念館を訪れられた。戦争で死んだ子供たちを弔い、今も戦争の荷を負う沖縄の人々の声を聞かれた。

昨年の十月には水俣に行って患者たちに会われている。

東日本大震災については直後から何度となく避難所を訪問して被災した人たちを慰問された。

これはどういうことだろう。我々は、史上かつて例のない新しい天皇の姿を見ているのではないだろうか。

日本国憲法のもとで天皇にはいかなる政治権力もない。時の政府の政策についてコメントしない。折に触れての短い「お言葉」以外には思いを公言されることはない。行政の担当者に鋭い質問を発しても、形ばかりのぬるい回答への感想は口にされない。

つまり、天皇は言論という道具を奪われている。しかしこの国に生きる一人として、思うところは多々あるだろう。その思いを言論で表すことができないが行動で表すことはできる。国民はそれを読み解くことができる。

八十歳の今上と七十九歳の皇后が頻繁に、熱心に、日本国中を走り回っておられる。

訪れる先の選択にはいかなる原理があるか？

みな弱者なのだ。

責任なきままに不幸な人生を強いられた者たち。何もわからないうちに船に乗せられて見知らぬ内地に運ばれる途中の海で溺れて死んだ八百名近い子供たち、日々の糧《かて》として魚を食べていて辛《つら》い病気になった漁民、津波に襲われて家族と住居を失ったまま支援も手薄い被災者。

今の日本では強者の声ばかりが耳に響く。それにすり寄って利を得ようという連中のふるまいも見苦しい。経済原理だけの視野狭窄《きょうさく》に陥った人たちがどんどんことを決めているから、強者はいよいよ強くなり弱者はひたすら惨めになる。

強者は必ず弱者を生む。いや、ことは相対的であって、弱者がいなければ強者は存在し得ない。水俣ではチッソと国家が強すぎた分だけ漁民は弱すぎた。ぼくも含めて国民はたぶん無自覚なままにチッソの側にいたのだろう。

今上と皇后は、自分たちは日本国憲法が決める範囲内で、徹底して弱者の傍らに身を置く、と行動を通じて表明しておられる。お二人に実権はない。いかなる行政的な指示も出されない。もちろん病気が治るわけでもない。

しかしこれほど自覚的で明快な思想の表現者である天皇をこの国の民が戴《いただ》いたこと

はなかった。

（二〇一四年八月五日）

過激とユーモアの不足

夏休み、友人たちは海外各地に遊びに行った。ぼく自身は仕事に縛られて家を出る余裕などなかった。

ロンドンからおもしろい報告が入った。ヴィクトリア&アルバート・ミュージアムで開かれている「不服従のオブジェクト」という展覧会。

まず会場がいい。イギリスがいちばん元気だった時の女王とその夫君の名を冠した美術館／博物館だから、日本で言えば東京は神宮外苑の絵画館みたいなもの……と言いたいが、あそこはまったく何もしていない。占拠して何かやってやろう、とそそのかされるようなメッセージをイギリスからもらった。

「不服従」すなわち市民のレジスタンスである。世界中いたるところで人々は権力に反抗している。選挙だけが意思表示ではない。国民はもっと過激な手段を使ってもいいのだ。

ロック・オン　LOCK-ONという抗議の方法がある。紛争の現場で、固定されたものに自分の身体を縛り付ける。自転車やバイクの盗難防止用に使われるU字型の錠で自分の首と鉄柵などをつなぐ。この展覧会の図録にその方法の詳細が絵解きしてある。

排除するにはパワー・ツールなどで錠を切断しなければならないが、いやしくも先進国、メディア注視の場で一滴でも流血はまずい。それを見越して抵抗者は塩ビのパイプの中に組み込んだ手錠で身体と鉄柵を結ぶ。外から見えないから警察もうかつに電ノコなど使えない。辺野古あたりで応用できそうだ（と、沖縄から遠い札幌にいるぼくが言うのは無責任か？）。

この展覧会は抵抗の手段をいくつも具体的に紹介している。どこのホーム・センターでも手に入る材料を使って、最も効果的なアピールを実現するための具体的なアイディア。

シリア政府に非暴力的に抵抗して殺された青年の肖像をシリア国内に広める方法を見よう。彼の肖像を影絵で作り、厚紙に転写して切り抜いてステンシル（型紙）にする。スプレー缶のペイントを使って国の至るところに彼の顔を広める。

以下は図録にヒントを得たぼくの案。（良い子のみなさんは真似《まね》してはいけません。）

この国の首相をシリア方式で讃《たた》えよう。衆を恃《たの》んで憲法をバイパスするこの人の手腕は賞賛に値する。彼の肖像を今は亡きナンシー関の皮肉のきつい画法で作って、週刊誌大の厚紙に写して切り抜き、ステンシルを作る。

高級な和菓子店に行って平たい箱の饅頭《まんじゅう》などを買うと、幅のあるしっかりした紙袋に入れてくれる。底を切り抜いてステンシルを装着する。それとスプレー缶を持って都心に向かおう。国会議事堂周辺ならば警備が手厚い分だけスリリングだ。

靴紐《ひも》が緩んだ。手にした紙袋を路上に置いて締め直すついでに袋の底にペイントを噴射。立って歩き始めた後ろの路面にはくっきりと最高権力者の肖像画。後から来る人、それを踏むなよ。

原発周辺の直線道路に「駐停車禁止」の交通標識によく似た「再稼働禁止」という標識のポールをさりげなく立てる。警察官が駆けつけて撤去するかどうか悩む場面を撮ってネットで広める。実効はないがメッセージは伝わる。

同じ原理の別の案——紙幣は国家に属する。たまたまあなたの財布の中にあってもあなたの私物ではない。だから、「アベノミクスで価値半減」というでかいゴム印を作って千円札にべたっと真っ赤なスタンプ・インクで押したりしてはいけません。

落書きは抵抗の手段である。どれほど効果的なことができるかを知りたければ、匿名のグラフィティ・アーティストとして名高いバンクシーの偉業を見てほしい。彼はパレスチナ人を閉じ込めるイスラエルの高い塀に夢のような脱出の絵をステンシルで描く。少女が風船にぶらさがって自由な世界へ飛んでゆく。

文筆業者としては言いにくいのだが、ビジュアルはやっぱり強い。抵抗の場でアピール力がある。デモとプラカードもいいけれど路面・壁面の絵画はもっと効果的。現場とネットを組み合わせよう。

他の国を見ていると、日本には明らかに過激とユーモアが不足している。

若い人々よ、動け、闘え、笑わせろ。

扇動するつもりはないが、この八月九日、長崎で集団的自衛権への抗議の言葉に対して「見解の相違」と明快に言われた安倍氏のお人柄を国民こぞって顕彰・賛美したいという屈折した憤怒の念はなかなか強いのだ。

「見解の相違」とは同等の立場の者に向かって言う言葉である。あなたはこの国を指揮する立場、政策すべてについて説明責任があるはずだ。税金と電気料金を払っている国民からの異論に対して、しらっとそっぽを向かないでくれ。

（二〇一四年九月二日）

地下の水銀、地上の放射能

九州の西にある不知火海《しらぬい》（八代海《やつしろ》）を一周してみようと思った。地図で見てもあんな不思議な形の海はない。面積は東京湾とほぼ同じで形も似ているが、開口部が極端に少ない。何か所かある海峡はとても狭くてどこも橋が架けられるほど。

南端の牛深《うしぶか》と蔵之元の間だけはフェリーだが、このあたりだって最短地点を選べば橋でつなげそうだ。

うまく閉じられた海なのだ。

秋の初めに時間を作って旅行に出て、渚《なぎさ》に立った。外海のうねりが入ってこないからか海面がなんとも穏やかで、見ていてほーとため息が出た。

不知火海は奥の方では干満の差が四メートルある。海岸には干潟が広がっていて、稚魚が育って、平均の深さ五十メートルという浅い海に出て大きくなる。魚の湧く海という言葉が納得できた。

フェリーで蔵之元に渡って水俣に行った。ここでも海は平和そのもの。

このあたりは地名が美しい――

茂道《もどう》、袋《ふくろ》、湯堂《ゆどう》、出月《でつき》、月浦《つきのうら》、百間《ひゃくけん》、恋路島《こいじ》。

水俣湾は不知火海の一部で、かつてチッソはここに「七十トンないし百五十トン、またはそれ以上ともいわれ」る水銀を放出した（なんといいかげんな数字か）。約二十年後に水銀を含むヘドロは湾の底から回収され、護岸の内部に埋められた。「十四年の期間と四百八十五億円をかけて」のことである。今そこは五十八ヘクタールの「エコパーク水俣」になってスポーツ施設などが造られている。

水俣市立水俣病資料館の展示はこの事業を誇らしげに伝える。「やりとげたのは仕事だったからだ。それは技術者の良心だ」などと、まるで「プロジェクトX」のよう。技術者レベルではそうかもしれない。しかしこれが本当に最善の策だったのだろうか？　今も薄い土の被覆の下に百五十一万立方メートルの有機水銀を含有するヘドロがある。海との距離は百メートルと少し。

南九州は活火山の巣だ。水俣から百キロ以内に、雲仙普賢岳、阿蘇山、霧島の新燃《しんもえ》岳、桜島、と元気な火山が林立している。火山と地震と津波が予測不能なのはこの数年で我々が痛苦と共に知ったところだ。御嶽山の噴火はいきなりだったし、漏れるという言葉はフクシマでさんざん聞いている。

有機水銀は合成化学工業の産物であり、作ったのと同じ技術で金属水銀に還元できる。毒物のまま形ばかり埋めておく理由はない。専用のプラントを現地に造ればいいだけの話。

そもそも毒性のある産業廃棄物を埋めるだけで処理済みとするのは廃棄物処理法ならびに去年採択された「水銀に関する水俣条約」の精神に反するのではないか。かつて香川県の豊島《てしま》に不法投棄された九十一万トンの産業廃棄物は隣の直島に運ばれて専用施設で正しく処理されている。

水俣で、チッソと熊本県と国は安上がりな方法を選んだ。最大六〇〇ｐｐｍの有機水銀を含むヘドロを埋めるだけで済ませることにした。

先日、長らく水俣病に関わってきた人から聞いた話では、有機水銀の分解プラントを設計して試作までした技術者がいたが、彼のプランは一顧だにされなかったという。

有機水銀はその気になれば分解できるからまだ始末がいい。

この九月一日、福島県は原発事故で生じた放射能を帯びた汚染土の中間貯蔵施設の建設を受け入れると決めた。県内の汚染土を大熊町と双葉町に集めてしばらくの間そこに貯蔵する。「しばらくの間」とは「最長三十年」。

県内の他の自治体は早く運び出してほしいと思っているし、二つの町には汚染で住めない土地が広がっている。そこに二千二百万立方メートルの汚れた土が搬入される。十トンダンプ二千台で運び続けて三年かかるほどの量だという。受け入れる方だって辛《つら》いだろう。

水銀と違って放射能は化学的に始末できない。どうやっても消去は不可能、人体に有害な放射線をいつまでも出し続ける。

福島第一原子力発電所に隣接する港湾では、海底にたまった放射性の「浮泥」が外洋に流出するのを防ぐために上からセメントで覆う工事が始まっている。陸地と海底の違いはあるが、手法は水俣とよく似ている。

この工事を進める東電は「将来、海底の土を回収するかどうかは決まっていない」と言っているそうだ。

近く再稼働がとりざたされている九州電力川内《せんだい》原子力発電所は桜島から五十キロのところにある。政府は「桜島の破局的噴火は九万年ごとだが、前回は三万年前なのでまだ大丈夫」と言っているが、これは火山学の学界では通用しない粗雑な論である。

リスクをコストと読み替えれば、今のようなやりかたで「繁栄」を維持するコストは我々に知らされているよりもずっと大きい。

（二〇一四年一〇月七日）

正倉院の工芸品

このところ、しばしば心が古代日本に飛んでしまう。奈良時代。西暦ならば八世紀。先日『古事記』の現代語訳を終えて、今は『万葉集』を読んでいる。無学の頭に少しずつ知識が染み込み、断片が連携し合って大きな図が描かれる。

『古事記』の完成が七一二年、『万葉集』は七五九年から後と言われる。この間はほぼ半世紀、つまり人間の寿命に収まる長さだ。運がよければ『古事記』を手にした少年は老いて『万葉集』を繙《ひもと》くことができたはず。

この少年を仮に七〇〇年生まれとしてみよう。宮中にも出入りできる高貴な生まれの彼は、十歳の時に遷都なった平城京に移り住み、十二歳で『古事記』に出会い、還暦の頃『万葉集』に接した。その途中、三十一歳の時には大伴旅人が亡くなり、五十二歳の時に東大寺大仏開眼供養があった。

つまり天平の盛期を生きたわけだ。はたして彼の人生はどんなものだったか？　いや、彼女にした方がよいかもしれない。万葉風の歌を見よう見まねで詠む才女とか。

そんな夢想の内に遊んでいたところへ、「正倉院展」の案内が来た。奈良国立博物館に御物《ぎょぶつ》五十八件が展示されるという。豈《あに》、行かざるべけんや。

十月吉日、奈良はよく晴れて暖かかった。もともと博物館が好きなたちである。大英博物館には何回通ったかわからないが、奈良博はこれが初回。

遠い昔のことだからその文物もまだ稚拙なものばかりという先入観がある。逆に、どんな時代にも人は人、個人として見ればその知恵も技量も今と変わらないという視点もある。

『古事記』を訳す途中でいろいろな道具や衣装に出会ったが、文章だけでは実体がわからない。弓を射る時に左手の手首に装着する鞆《とも》という武具はいかなる形のものか？「鞆」の実物を見られた。矢を射ると弓弦《ゆづる》が跳ね返って左の手首に当たる。鞆はその衝撃を緩めるための巴《ともえ》型のクッションで、革で作って中にマコモを詰める。応神天皇は生まれた時から肉体にこれが備わっていたと『古事記』にある。武人であったことの証拠。

その実物を見て、射た時のビンッという弦の響きを左手に感じた。それは「桑木阮《くわのきのげん》咸《かん》」という弦楽器を弾いた時の響きに通じる。

　工芸品は身体感覚に直結している。だから「御床《ごしょう》」という聖武天皇が使ったベッドを見れば（木製で、材は檜《ひのき》。すかすかの縁台のような形）、その寝心地を想像しないではいられない。その上に敷かれた「御床畳残欠《ごしょうのたたみざんけつ》」という薄い畳や、「白橡地亀甲錦褥残欠《しろつるばみじにしきのじょく》」という敷物もセットで展示されていて、それでまた聖武天皇と光明皇后の生活感が伝わる。二基ならべてダブルで使ったという説もある。

　言葉は変わる。『古事記』の言葉は今の言葉とはずいぶん違う。「八雲立《やくもた》つ　出雲《いずも》八重垣《やえがき》／妻籠《つまご》みに　八重垣作る／その八重垣を」というスサノヲの歌の意味を知るにはちょっとした勉強が要る。

　対して、工芸品は昔の形のまま、色と質感と重さを変えることなく、千二百年以上の歳月を超えて今、目前にある。それがつくづく不思議なことに思われた。

　展示品を見て使い勝手を想像すると同時に、それを作った手の働きを辿《たど》る。どれもみな誰かが作ったものだ。

　広く知られるごとく、正倉院に収められた御物には大陸の影響が濃い。唐はもちろん遥《はる》か遠いペルシャあたりの品まであって、交易という営みの威力を実証している。

その一方、御物の九割以上は日本で作られたものだという。技術を身につけた人が来て、それを学んだ人がいて、象牙などの素材も舶来して、大陸とほとんど同じものが作られた。

手の技術は伝播《でんぱ》される。なぞるだけでなく新しい工夫が加わってオリジナルとは違うものが生まれる。その結果は具体物として歳月を超えて残る。

歴史とは解釈である。後世は自分たちの思想に依《よ》って過去に意味づけをするから、当然、歴史は揺れ動く。しかし御物は絶対の定点である。聖武天皇がこの御床に寝たことは揺るぎなき事実だ。

個人的にちょっと嬉《うれ》しい発見。若い時に何か美術全集で見て覚えた唐の短い詩があった。

令節佳辰　　めでたいこの日
福慶惟新　　よろこびも新た
爕和万載　　泰平は万年も続き
壽保千春　　寿命は千年に及ぶ

正月にハンカチなどに書いて贈答に用いたらしい。この詩を自分で木版で刷って年賀状にしたこともあったのに、出自を知らないままだった。

今回、その現物に接することができた。「人勝残欠雑張《じんしょうざんけつざっちょう》」というもので、かつて見たとおり、添えられた小さな男の子の絵がかわいい。

（二〇一四年一一月四日）

桃太郎と教科書

前衆議院議員の義家弘介さんが産経新聞でぼくの文章を論じてくださった。

ぼくが書いたのは「狩猟民の心」というエッセーで、平成十年（一九九八年）度から十四年（二〇〇二年）度まで高校の教科書「国語Ⅰ」（筑摩書房）で使われた。義家さんは、これは子供たちに供するにふさわしくない内容だと言われる。

以下、最初はぼくの文の引用――

《日本人の（略）心性を最もよく表現している物語は何か。ぼくはそれは「桃太郎」だと思う。あれは一方的な征伐の話だ。鬼は最初から鬼と規定されているのであって、桃太郎一族に害をなしたわけではない。しかも桃太郎と一緒に行くのは友人でも同志でもなくて、黍《きび》団子というあやしげな給料で雇われた傭兵《ようへい》なのだ。更《さら》に言えば、彼らはすべて士官である桃太郎よりも劣る人間以下の兵卒として（略）、動物という限定的な身分を与えられている。彼らは鬼ケ島を攻撃し、征服し、略奪して戻る。この話

には侵略戦争の思想以外のものは何もない。》

（ここからが義家さんの意見）〈わが国では思想及び良心の自由、表現の自由が保障されている。作者が作家としてどのような表現で思想を開陳しようとも、法に触れない限り自由である。しかし、おそらく伝統的な日本人なら誰もが唖然《あぜん》とするであろう一方的な思想と見解が、公教育で用いる教科書の検定を堂々と通過して、子供たちの元に届けられた、という事実に私は驚きを隠せない。

例えばこの単元を用いて、偏向した考えを持つ教師が「日本人の心性とは、どのようなものであると筆者は指摘しているか。漢字4字で書きなさい」などという問題を作成したら一体どうなるか。生徒たちは「侵略思想」と答えるしかないだろう。〉

ううん、困ったな。

あのエッセーでは「伝統的な日本人なら誰もが唖然とする」という、そこのところが言いたかったのだが、理解していただけなかったらしい。ぼくは子供たちに唖然としてほしいのだ。

ぼくにも反省はある。

「日本人の（略）心性」というのは間違いだった。悲しいことながら、本当は「人間の心性は」と書くべきであった。

二十年以上前に「狩猟民の心」を書いた時は、これは自分のオリジナルな発見だと得意になった。世間の桃太郎イメージを逆転できる！

しかしずっと前に同じことを明治期の偉人が言っていたのだ――

「もゝたろふが、おにがしまにゆきしは、たからをとりにゆくといへり。けしからぬことならずや。たからは、おにのだいじにして、しまひおきしものにて、たからのぬしはおになり。ぬしあるたからを、わけもなく、とりにゆくとは、もゝたろふは、ぬすびとゝもいふべき、わるものなり。もしまたそのおにが、いつたいわろきものにて、よのなかのさまたげをなせしことあらば、もゝたろふのゆうきにて、これをこらしむるは、はなはだよきことなれども、たからをとりてうちにかへり、おぢいさんとおばゝさんにあげたとは、たゞよくのためのしごとにて、ひれつせんばんなり。」

福沢諭吉が自分の子供のために書いた『ひゞのをしへ』である。現代語訳が慶應義塾大学出版会から出ている。

桃太郎のふるまいは「ただ欲のための仕事にて、卑劣千万」なのだと諭吉さんは言う。

ぼくが書いたことはぜんぜんオリジナルではなかった。

侵略と言って悪ければ進撃と言えばいいか。

日本で最初に作られた長篇《ちょうへん》アニメに「桃太郎の海鷲」という作品がある。モノクロで三十七分（ネットで探せば見られる）。海軍省の指揮のもと、藝術映画社が作った。テーマは真珠湾攻撃で、実際、アニメとしてずいぶんよくできている。飛行シーンや細部のくすぐりなど宮崎駿《はやお》を先取りしていると言ってもいい。

桃太郎が空母に残って激励するばかりで部下を戦闘地域に送るあたりは史実の反映かもしれない……というのは深読みが過ぎるか。

もう一つ例を挙げようか。

日本新聞協会広告委員会が開催した「二〇一三年度新聞広告クリエーティブコンテスト」で最優秀賞に選ばれ、東京コピーライターズクラブの二〇一四年度TCC最高新人賞を受賞した作品。鬼の子が泣いている絵の上に「ボクのおとうさんは、桃太郎というやつに殺されました。」というつたない子供の字のコピーがある。

教育というのは生徒の頭に官製の思想を注入することではない。そんなことは教師出身の義家さんは先刻ご承知のはず。一つのテーマに対していかに異論を立てるか、知的な反抗精神を養うのが教育の本義だ。ぼくの桃太郎論を読んだ生徒が反発してくれればくれるだけ、ぼくは嬉《うれ》しい。

（二〇一四年一二月二日）

隣人と認め合う努力

もう去年のことになってしまって、パキスタンで子供たちがたくさん殺された事件などの蔭《かげ》に隠れたかもしれないが、その前にオーストラリアのシドニーの事件があった。

十二月の半ば、繁華街マーティンプレイスで五十代ムスリムの男が人質を取ってカフェに立てこもり、十七時間後、突入した警察によって殺された。人質二人が犠牲になった。

マン・ハロン・モニスというイラン出身のその男はイスラムの大義を掲げて、アボット首相との直接対話などを要求したらしい。

実際には「イスラム国」（ＩＳ）やタリバンとは何の関係もない、過去にさまざまな問題ありの男の勝手な犯行である。

しかし、この事件をきっかけに、シドニーにはムスリムに対する嫌悪の雰囲気が生まれた。ヒジャブ（ムスリムの女性が被《かぶ》るスカーフ）の女性に唾《つば》を吐きかける男がいたりした。

レイチェル・ジェイコブズは電車の中で、ムスリムの女性がそっとヒジャブを外すのを見た。迫害に対する恐怖。

次の駅で降りた女性に続いてレイチェルも降り、追いついて言った――

「それを被って。私も一緒に行きましょう」

もしもそのムスリムの女性に迫害が及ぶなら並んで闘おうという意思表示。相手は泣き崩れ、レイチェルを長くハグして去ったという。

「一緒に行きましょう　I'll ride with you.」はツイッターを通じて世界中に広まった。シドニーではハンドバッグにこの宣言を貼って通勤電車に乗る女性もいた。

オーストラリアは元々は流刑囚を労働力として作られたイギリスの植民地だ。戦後も長く白豪主義、すなわち白人優先を旨としていた。先住民は迫害され、他の民族も受け入れなかった。

しかしそのままでは国として立ち行かない。そう気付いた彼らは大きく方針を変えて、移民を受け入れることにした。国というものは国民の総意によって様相を変えることができる、という原則の劇的な実例である。

英語を知らないまま来た移民には、さしあたり話す必要のない市電の運転手などの仕事を与えた上で、英語の習得を義務づける。

この融和・融合の姿勢の先に、レイチェルの「一緒に行きましょう」というメッセージがある。民族において、宗教において、異なる者に対する寛容の姿勢がある。敵対して排除するのではなく、お互い違う者と認め合った上で共生の道を探す。

このところ、『日本文学全集』を一人で編むという無謀なことをやってきて思うことがある。

我々日本人はまこと幸運であった。

古代、日本語という一つの言葉のもとに国の体制を作ってから一九四五年の敗戦に至るまで異民族支配を知らないで済んできた。世界史年表をいくら見てもこんな国は他にない。

まずは大陸からちょうどよい距離だけ離れた島国であったこと。文化は到来するが大規模な軍勢を一気に渡すのはむずかしい。イギリス海峡とはそこが違ったし、元寇《げんこう》の時は幸運にも相手が自滅してくれた。

（それに対して、こちらから朝鮮半島に出撃したことを忘れるべきではないだろう。白村江も秀吉の侵略も敗北に終わったのだが。）

大陸では国境線とは勢力によって自在に動くものだ。民族はそのたびに混じる。血筋と言葉を共有せざるを得なくなり、殺し合いを含む辛《つら》い体験も珍しくない。隣人は自分たちとは違う人である。

民族という概念は一方で結束によって力を生み、他方で敵対関係を作る。要するに徒党なのだが、それぞれに歴史があり、互いを認め合うには努力が要るが、努力はいつも足りない。イスラエルとパレスチナは最悪の例だ。

我々日本人はそんなことを何一つ知らないままやって来られた。異民族である隣人との応対を知らずにきた。自分たちと異なる人と接する訓練をしてこなかった。だから現在に至るまで難民をほとんど受け入れていない。

日本国内にも、数で言えば少ないが他者はいる。国とは本来そういう多元的なものなのだ。

それがわからないから札幌市議会議員金子快之《やすゆき》さんはアイヌの存在を否定し、在特会のみなさんは朝鮮半島系の人々の存在を否定し、安倍政権とそれを投票で支持した有権者（自民党は小選挙区で二十四％、比例で十七％を得た）は米軍基地が集中する沖縄の負担を平然と無視する。

先住民であるアイヌに対して、武力を背景に併合した朝鮮半島から来た、ないし呼び寄せた人々に対して、太平洋戦争で十五万人の死者を出した沖縄人に対して、我々には倫理的な負債がある。

二〇一五年一月の今の時点で、あなたはそれを返済したと言えるか?

（二〇一五年一月六日）

ムスリムとフランス社会

「イスラム国」による日本人二人の誘拐と殺害は宗教ではなく政治に属することだ。ブッシュ元米大統領がイラク戦争で力の空白地帯を作ってしまい、その後の中近東の政変、なかんずく独裁シリアの崩壊があの悪逆非道の擬似国家を生み出した。

それに対してシャルリー・エブドへの乱入と漫画家たちの殺害はまずもってフランス社会の問題である。

先日、東京の広い道を歩いていたら、前から自転車が来た。スカーフを被《かぶ》ったムスリムの若い女性がケータイで喋《しゃべ》りながら自転車を漕《こ》いでくる。それが東京の風景に溶け込んでいることに爽やかなものを感じた。異人排斥の国がここまで来たかと思ったし、代々木上原にあるモスク「東京ジャーミィ」内部のあの敬虔《けいけん》な明るさを思い出した。

フランスにムスリムは多い。ぼくはフランスに五年住んだが、子供の親友がムスリムで、家に食事に来た時にうっかりソーセージを出して「これは私は食べられません」と言われてあわてて鶏料理に換えたことがあった。

フランスという国の基本方針として徹底した政教分離がある。ライシテと呼ばれるこの原則によって国家は教会の影響力を排除してきた。信仰は個人の心の問題であり、それを束ねて政治に利用することは許されない。清教徒が築いたアメリカのような宗教国家とは違う（アメリカの硬貨には「我ら神を信ず」と書いてある）。

フランス革命の標語「自由・平等・友愛」は美しい。その一方でフランスは北アフリカなど海外に植民地を作り、住民を搾取した。そこに「平等」の原則は適用されなかった。

第二次大戦後、植民地は戦って独立を獲得した。フランスは安い労働力を求めて旧植民地の人々の移住を認め国籍を与えた。一世は黙々と働いたが、二世三世は自分たちはフランス人だと思っている。しかし現実には差別があって二級の国民として扱われる。大都市の郊外の劣悪な住環境に押し込められ、失業率も高い。

五百万のムスリムをフランス社会に迎えるための努力をフランスは怠ってきたとぼくは思う。一例を挙げれば、今やマルセイユの人口の三割はムスリムなのにモスクがまだ三つしかない。

信仰に貧困が重なると信仰は過激になる。

シャルリー・エブドの殺戮《さつりく》は歴然たる犯罪である。表現の自由は民主主義フランスの原則の一つだから、全国で大規模なデモが起こったのもわかる。

その一方、フランス人は一人一人が勝手なことを考える。「私はシャルリー」には「我思う、ゆえに我はシャルリーなり」とか変化形がたくさん生まれた。テロを阻止しようとして殉職したムスリムの警察官アハメド・メラベを思って「私はアハメド」もあった。

諷刺《ふうし》の精神は大事、笑い飛ばす、洒落《しゃれ》のめす、からかう……紙と鉛筆でなら何をしてもいい。

しかし、という意見が出る、諷刺というのは本来は強者に向けられるものだ。今のフランスでムスリムは弱者である。シャルリー・エブドはキリスト教の権威をからかうのと同じ姿勢でくりかえしムスリムをからかい続けた。

イスラム教は基本的に偶像を認めない。アッラーはどこまでも抽象的であり、ムハンマドの肖像も描かない。この姿勢がイスラム美術のあの美しいアラベスク模様を生んだ。諷刺漫画にムハンマドが描かれてからかわれるのはムスリムにとっては侮辱であり精神的な苦痛なのだ。

日本のメディアの無理解も問題。

事件後に発行されて何百万部も売れたシャルリー・エブドの表紙はアラブ風の服装と容貌《ようぼう》の男性が「私はシャルリー」と書いた紙を手にして泣きながら立っていて、その上にTout est pardonnéというメッセージが書いてあった。

日本の新聞の多くはこれを「すべては許される」と訳した。描きたい放題？

とんでもない誤訳とパリ在住の翻訳家関口涼子は言う。これは直訳なら「すべてを赦《ゆる》した」であり、過去にいろいろあってもそれは終わったこととして先に進もうであり、敢《あ》えて意訳すれば「しょうがねーなー、チャラにしてやるよ」である。

彼がそう言っている相手は殺戮の犯人とその背後の怒れる若いムスリムだけではない。この事態を利用しようとする政治家たちから興奮してデモに参加したフランス大衆まで含まれる。描かれた男がムハンマドだとしても、彼は怒っているのではなく泣いているのだ。誰にとってもこれは泣くべき事態なのだ。ここからの再出発をシャルリー・エブドは提案した。

あっぱれだと思う。

関口涼子さんの記事は——
http://synodos.jp/international/12340
（二〇一五年二月三日）

無人の国道6号線

それは異様な道だった。

国道6号線。国道で番号が一桁《けた》だから、いわば名門である。

国道とは、国が管理保全し通行を保証するという意味だが、6号線のある区間は二〇一一年三月十一日から通れなくなった。

言うまでもなく、東京電力福島第一原子力発電所が壊れて大量の放射性物質が大気中に放出されたからだ。その結果、「帰還困難区域」というものが設定され、そこに住んでいた人々は長く住んでいた土地から追い出された。

水俣病を起こしたことによってチッソは有罪になったが、かくも広範囲に長期に亘《わた》る放射能災害を引き起こした東電の法的な責任は今も曖昧《あいまい》なまま。

先日、いわき市のジャーナリスト、Iさんと話していて、6号線が通れるようになったと教えられた。四輪車のみで、二輪や歩行者は不可。通れるならば行ってみようとレンタカーでそちらに向かった。北上すると、富岡町の役場のあたりから「ここは帰還困難区域です。高線量区間を含みます」という表示が現れる。

その先の交差点は右折も左折もできず直進するだけ。脇から車が入ってこないのだから信号はすべて青か黄点滅。たまに曲がれると思うと検問所があって許可証の有無を問われる。

もともとは人がたくさん住んでいたところだ。道に沿って電化製品や衣料の量販店、ドライブインの飲食店、コンビニ、パチンコ屋などがたくさんあるのだが、それらの駐車場への進入路はすべて封鎖されている。道に面した民家の玄関や車庫への入り口も金属製の柵で閉じてある。

津波や地震で破壊された地域と違って、どの建物も壊れてはいない。コンビニはあの日のままの姿で、道路からでも店内の商品が見てとれる。ガラスの向こうの棚に並んで背を見せている雑誌はすべて四年前の号なのだろう。

右折すれば「福島第一原子力発電所」という表示があった。もちろん右折はできない。国道6号線は双葉町細谷熊ノ沢のあたりであの壊れた原子炉から二キロの地点を通っている。

たった二キロ！

ぼくは線量計を携えてはいなかったが、民間の線量測定組織「セーフキャスト」の地図でこのあたりはほぼ黄色。一〇・〇九マイクロシーベルト毎時以上だ。

6号線で帰還困難区域を通る部分は十四キロある。時速四十キロで走ったとしておよそ二十分、往復で四十分。ぼくは六・七マイクロシーベルト以上を被曝《ひばく》したことになる。

あと四か月と少しで古稀《こき》という歳《とし》だから、余命がいくらか減っても気にしないことにしよう。風評被害の食材も率先して食べよう。しかし、ここを通る車には幼児も乳児も乗せられる。二輪・歩行者は不可とあっても乳幼児不可とは書いてなかった。

先日、福島第一原発の建屋の近くにあるサブドレン（つまり井戸）にたまった水を浄化後に海に流すという東電の方針をいわき市の漁協が受け入れるかどうか議論しているという報道があった。この海域の漁業は今は試験操業のみ。獲《と》れた魚のサンプルの放射線値が基準値以下であるのを確認して市場に出している。獲る対象も五十八種に限定されている。

漁民たちは早く試験操業の段階を終えて昔のままに獲れる魚種をみんな獲りたいと

思っている。福島の海が絶対安全と宣言される日を待っている。

では、誰が絶対安全と宣言するのだろう。誰がそれを信じるのだろう。

と、取材を経てここまで書いたところで、二月二十四日、事態が引っ繰り返った。東電が十か月前から汚染水が外洋に流れ出していることを知りながらそれを隠していたという事実が判明。いわき市漁協は態度を硬化させた。彼らが「裏切られた」と言うのも無理はない。

福島第一原発の放射能汚染は「コントロールされている」とはとても言えない。政治に嘘《うそ》による世論操作という側面があることを認めるとしても、安倍首相のＩＯＣ総会でのあの嘘は大きすぎた。東京電力福島第一原子力発電所で発生した大量の放射性物質は封じ込まれてなどいない。

人の記憶にも半減期がある。問題はこの心理的な半減期が放射性物質の物理的なそれよりもずっと短いことだ。

我々は情報操作によって四年前の衝撃を忘れる方へ誘導されている。被曝した子供たちの甲状腺癌《がん》の発生率は正常の範囲内。６号線はもう通っても大丈夫。他の原発はチェックによって安全と確認されたから再稼働も問題なし。海外にもどんどん売り込もう。

どんなビジネスにも最低限の倫理観はあると思っていたが違うのだろうか。チッソの時と同じことを東電と国は繰り返すのだろうか。

（二〇一五年三月三日）

主権回復のために

しばらく前から一冊の本を前に考え込んでいる。憲法について自分は姿勢を変えるべきなのか。

矢部宏治さんが書いた『日本はなぜ、「基地」と「原発」を止められないのか』（集英社インターナショナル）はラディカルな、つまり過激であると同時に根源的な問題提起の本だ。この本の内容と、それをきっかけに以下ぼくが考えたところを述べる。

このところ、戦争責任を認めた村山談話が議論の対象になっている。あれは屈辱的だという意見もあるけれど、それを言うならこの七十年、外交だけでなく内政も含めて屈辱的だったのはアメリカとの関係ではないか。

安倍政権の問題点は集団的自衛権に見るとおり、ひたすらアメリカ追従に邁進《まいしん》するところだ。ナショナリストと見える彼らは実はアメリカニストである。強い日本は強いアメリカの属国を目指す。

アメリカの軍用機はこの国の空をどこでもどんな低空でも飛ぶことができる。オスプレイの配置に反対しても日米安保条約のもとではそれを拒む権限が日本にない。思想や感情ではなく法理がそうなっている。

辺野古に基地を造らせないと沖縄県民が言っても、アメリカが造ると言えば日本政府には反論の権限がない。彼らは空疎な発言を「粛々と」繰り返して暴力的に建設を進めるしかない。

ドイツにならって原発を廃止しようと思っても、日米原子力協定のもとではその権限が日本にはない。

国家の最高法規は憲法であり、その下に他国との間で交わされる条約があり、更に下に法律・条例がある。他者が関わるから条約は尊重される。

では憲法はというと、アメリカがらみの課題について最高裁は「統治行為論」という詭弁《きべん》によって責任を放棄してしまった。事実上、日米安保条約は日本国憲法の上位にある。行政の頂点には日米合同委員会がある。

つまりこの国はおよそ主権国家の体を成していない。そういう事態が六十年以上続いてきた。

ここまではぼくもうすうす知らないではなかった。

この本は、なぜこういうことになったのか、その由来を丁寧に説明する。日本国憲法が制定された経緯を論じた本は多いが、矢部さんは更に遡《さかのぼ》って淵源《えんげん》を一九四一年にルーズベルトとチャーチルがまとめた「大西洋憲章」に求める。「平和を愛する諸国民」と「世界のすべての国民が、武力の使用を放棄するようにならなければならない」という文言はそのまま日本国憲法の前文と第九条に引き継がれた。

ナチス・ドイツが進撃を続けている時期にどうして彼らはここまで理想主義を掲げることができたのだろう。

理想主義だからこそ現実はそれを裏書きすることができなかった。ドイツと日本には勝ったが、国連軍の構想は冷戦の中で消滅した。ちなみに勝ったのは「連合国」であり、それはそのまま「国際連合」になった。両者は英語では同じ言葉、United Nationsである。戦後世界の秩序は彼らのへゲモニーのもとに構築された。

だから日本は今でも国連＝戦勝国連合にとっては「敵国」のままだ。このラベルは撤回されていない。我々は今もって敗戦国なのであり、条約と法律の体系はそれを反映している。国家主権を確立した独立国ではないのだ。

歴代の政権にはアメリカとことを構える気概はなかった。あるいはその気になったところでつぶされた。そういうゴシップはしばしば耳にした。

さて憲法。

日本国憲法をＧＨＱ（連合国軍総司令部）が作ったことは認めざるを得ない、と矢部さんは言う――

（１）占領軍が密室で書いて、受け入れを強要した。

（２）その内容の多く（とくに人権条項）は、日本人にはとても書けない良いものだった。

このねじれが問題。成立の過程にすぎない（１）を捨てて、実である（２）を取るか。これまで（ぼくも含めて）いわゆる護憲派は（２）が大事なために（１）をないことにしてきた。言ってみれば右折の改憲を止めるために直進と言い張ってきた。

しかし、今はもう左折の改憲を考えるべき時かもしれない。

この本の真価は改憲の提案にある。

憲法を改正することで屈辱的な条約を無効にできる。

改正憲法に、「施行後、外国の軍事基地、軍隊、施設は、国内のいかなる場所においても許可されない」という条項を入れれば、日本国内からアメリカ軍基地は一掃され、日本は国家主権を回復できる。もちろんアメリカは嫌がるだろうが、日本国民の総意とあれば従わざるを得ない。それを実現したフィリピンの実例もある。

さあ、どうするか。

（二〇一五年四月七日）

憂国のラップ

ふらりと入った「逗子海岸映画祭」がその晩は「アート・オブ・ラップ」を上映していた（公開は二年ほど前）。

有名ラッパーであるアイスＴが仲間たちを訪ねて話を聞き、少しばかり歌ってもらう。ニューヨークとデトロイトとＬＡを回って、総勢四十七名が出演というドキュメンタリー・フィルム。

ぼくはラップないしヒップホップにはまことに暗い。ＣＤなどで聞いても、またYouTubeで見ても、歌詞がわからない。あの早口はぼくの英語の能力では聞き取れない。だから敬遠していた。

しかし映画はよかった。歌う部分に周到な字幕があって、見ると聞くと読むが一体化して、ようやくトータルに鑑賞することができた。おもしろくて、ぐいぐい引き込まれた。

ラップは半分は音楽で半分は詩の朗読である。この比率が大事。単純な言葉をいくつか並べて小さなイメージを作り、それをライム（韻）で繋《つな》いで先へ先へと駆動する。走り抜ける無数の音＝声を聞くうちにやがてトータルな絵柄が見えてくる。

選ばれる言葉は尖《とが》ったものが多い。発祥からして黒人の文化だから、まずは社会的弱者の訴え。「怒りを伝える方法が必要だった」と彼らは言うけれど、そう単純に怒りばかりではない。語彙《ごい》の選択の幅が広くて、イメージがフレーズごとに飛躍してわーっと膨らむ。躍動感が魅力だ。

こういうものを作り出すアメリカにやはり感動する。感動なんて陳腐かなと思いながら、でもヒップホップの歌詞は紋切り型ではないとも考える。

「逗子海岸映画祭」という企画がそのままアメリカだ。

砂浜を仕切ってスクリーンを設置し、観客は千円払って砂の上に坐《すわ》って映画を見る。ビールを飲んでも、お喋《しゃべ》りしても、またごろんと寝て空を見るのも勝手放題。ぼくは遅れて行ったのでスクリーンのずっと斜め横に坐ることになった。映画館ではあり得ないことだが、ここでは映像が見えてサウンドが聞こえて字幕が読めればＯＫ。帰る人もいるから少しずつ真ん中に近い方に移動する。

半ば夜のピクニック。夜なのに就学前の子供たちが走り回っている。レストランとバーがあって、食べ物・飲み物が充実している。小さな店で小粋な小物を売っている。夜風が気持ちよく、ゆるむ一方で祝祭感もある。

この感じ、何かと思ったら、ウッドストックだった。これまた映画でしか知らないが、一九六九年八月十五日から三日間のロックのフェスティバルで、四十万人が集まったという。

あるいは更に前、一九五八年のニューポート・ジャズ・フェスティバルの記録である映画「真夏の夜のジャズ」。演奏場面と、快走するヨットの動画を交互に重ねた構成が、「アート・オブ・ラップ」では都会風景の空撮に置き換えられていた。色の処理がすばらしい。

こういうものをぜんぶアメリカの若い連中からもらった。

日本に限らず、現代人の生活様式の相当部分がアメリカに由来している。モノで言えば、小説『オン・ザ・ロード』のカーライフが各国に広まり、ＴＶやＰＣが普及し、アップルは遂《つい》に人々の手首にまで進出してきた。

カルチャーの方はラップなどほんの一例。もしもアメリカを外したら現代の文化シーンはすすかすかの空洞になってしまう。

アメリカでは社会の重心が若い方にある。だから未熟で野心的な者がやる気になり、それがうまくゆくとたちまち全体を席巻する。グローバルという増幅装置はアメリカの発明品だ。

若いアメリカはそれ自体ですでに一つの世界である。多くの民族を抱え込み、抗争と繁栄と悲哀をすべて備えて完結している。

それに対して、若くないアメリカは忌まわしい。外に対して攻撃的で、独占で肥え太り、強引で押しつけがましい。そういう政治家たちが君臨していて、だからオバマでは悪辣《あくらつ》の度が足りなかった。彼は実年齢ではなく姿勢において若すぎた。

つまり、同じく映画で言えば、「アート・オブ・ラップ」に対して「アメリカン・スナイパー」のアメリカがあるのだ。イラク戦争で百六十人を殺した伝説の狙撃手の帰国後の苦悩もまたアメリカ。戦争によって潤う人々がおり、それに傷つく者が内外にいる。

そして、『宰相A』（田中慎弥・新潮社）こと安倍晋三が今回この国を安保の鎖で縛りつけたのはこの忌まわしい方のアメリカだった。

これからやって来るそういう不幸、そういう絶望を歌う歌を、若い日本は作り出せるか？　権力の座にある老人どもの恫喝《どうかつ》に耐えて歌えるか？

きみたち、どうなのだ？

（二〇一五年五月一二日）

映像と台詞

言うまでもなく、映画は映像である。美貌《びぼう》の俳優たち、息を呑《の》むような光景、ありえない事象、などがスクリーンに映る。それらをストーリーが繋《つな》ぎ、その上に台詞《せりふ》が重なる。音楽が情感を導く。

映像と台詞のこの力関係を引っ繰り返した映画があった。トルコの監督ヌリ・ビルゲ・ジェイランの「雪の轍《わだち》」。こんな大胆な、無謀な映画作りがあるのかと呆《あき》れながら、三時間十六分の大作を身を乗り出して見た。

場所はトルコの中央部、カッパドキアと呼ばれる奇岩の地域にある小さなホテルで、その経営者であるアイドゥンという夫とその妻のニハルが主人公。さらにアイドゥンの妹のネジラや差配人ヒダーエット、友人スアーヴィなど周囲の人々がドラマを作る。

アイドゥンは元は俳優だったが今はこの田舎に引っ込んで新聞にコラムなど書いている。彼について大事なのは、親の遺産で不自由なく暮らせる身であることだ。いずれは『トルコ演劇史』を書くつもりと言っているがまだ筆を執ってはいない。

歳《とし》の離れた若い妻のニハルとの仲は冷えきっている。妹のネジラがアルコール依存症の夫と別れて、生まれ育ったこの地へ戻ってきた。彼女も暮らしには困らない。

映画的な事件はいくつも起こる。少年の投げた石がアイドゥンの乗った車の窓ガラスを割る。その背後には店子《たなこ》である少年の父と家主であるアイドゥンの間の家賃不払いを巡るトラブルがあった。この件は暴力沙汰寸前まで行って辛うじて収まる。

この映画を駆動しているのは圧倒的な台詞の力だ。これほど緻密《ちみつ》に構築された言葉のやりとりを映画で聞いたことはなかった。まるでテニスの長いラリーを見ているような緊迫感で、コーナーを突いて低く落ちる球をそのたびに相手は走り寄って辛うじて返す。

夫婦の諍《いさか》いは単純な行き違いや浮気などに由来するのではなく、もっと根源的なものである。

妻は夫に向かって「あなたは教養があり、誠実で、公平で、良心的よ。でも時々その美点を利用して人を窒息させ、踏みつけ、辱《はずかし》める。高潔さゆえに世の中を嫌悪する」と言う。

そして、自分は「人生の最良の時代をあなたとの格闘に費やして、粗野で臆病で疑《うたぐ》り深い人間になった」と嘆く。それに対して夫は「ただの男を神のように崇《あが》め、神でなかったと言ってそいつに腹を立てる。勝手じゃないか?」と言い返す。

言葉に容赦がない。どこまでもお互いを追い詰めて力を抜かない。無理解と干渉が行き交い、妻のすることを夫は善意を装って妨害する。

根本のところには才能を期待されながら偉大な俳優にはなれずに終わった、しかし資産があって領主のようにふるまうアイドゥンという男の偽善の生きかたがある。しかし、もちろん、彼はそれに気付いていない。

この映画には芝居がたっぷり入っている。チェーホフの影響は明らかに読み取れる。夫婦喧嘩《げんか》の舞台劇をそのまま映画にした「バージニア・ウルフなんかこわくない」を思い出さないでもない。あれも台詞の応酬だったが、映画になりきっていなかった。

だが、こちらは随所で芝居の枠を乗り越えて映像の魅力に見る者を導く。広い草原で野生の馬を捕らえるシーンなどほれぼれするのだ。

それで、この救いがたい夫婦はいかにして救われるか?

シナリオは最後の一時間で二人に試練を与える。それによって妻は人間の尊厳を学び、夫は初めて父の遺産ではなく自分の手で得た獲物を持って妻のもとへ帰る。この後、たぶん彼は『トルコ演劇史』を書くのだろう。

「雪の轍」が言葉過剰だとすれば、ウクライナの監督ミロスラヴ・スラボシュピッキーの「ザ・トライブ」は声がなくて身振《みぶ》りが過剰な映画だった。出演者はみな聾唖《ろうあ》で、会話はすべて手話。

寄宿制の聾唖学校が舞台だがここは暴力に満ちている。その中で生き抜こうとする少年と少女とその周囲の若者たち、自堕落な大人。

彼らの手の動きと表情はおそろしく雄弁で、身体の中で暴れている心がその枠に収まりきらず身体を揺り動かしているかのようだ。そしてこれもまた、意思を伝えるという機能において正《まさ》に人間の言葉である。

ここにも妥協や安易な同意はない。そんな余裕は彼らにはないのだ。

こういう徹底した言葉の闘いを日本人はできるだろうか。我々は決まり切った言い回しの無気力なやりとりを会話だと思ってはいないか。安直に共感を求める相互マッサージが社会の雰囲気を決めてゆく。そこには検証の姿勢も弁証法もない。「いいね！」マークは意見表明ではないだろう。

（二〇一五年六月二日）

死にかけの三権分立

新国立競技場の建設費用を巡って国と都がぶつかっている。オリンピックを招致したのは都なんだからもっと負担を増やせと国は言い、都は根拠のない金は出せないと言う。

そもそもは、きちんと予算を詰めないままあんなプランを採用したのが間違い。あの自転車乗りのヘルメットのような建物、大きすぎるところはまるで陸《おか》に上がった戦艦大和だ。その運命も戦艦大和と一緒で、やがて建造費と維持費の海にごぼごぼと沈む。

ここで国が法律を作って都に出費を強いるという案が出て来たが、その前に憲法九十五条が立ちはだかる——

「一の地方公共団体のみに適用される特別法は、法律の定めるところにより、その地方公共団体の住民の投票においてその過半数の同意を得なければ、国会は、これを制定することができない。」

懐かしい文言だ。

ぼくがこれを論じたのは一九九七年四月、駐留軍用地特措法が改正され、国は地主の意思を無視して民有地を米軍用地として永久に借りていられるとなった時だ。これは憲法九十五条に違反するのではないかとぼくは考えた。

たしかに改正案に「これを沖縄にのみ適用する」とは書いてない。しかし、事実上、適用される場所は沖縄しかない。本土の軍用地はどこももとは公用地なのだ。民有地強奪は沖縄のみ。

更にこの問題の始まりには一九七二年の沖縄返還に際して前年に時限立法で制定された「沖縄における公用地等の暫定使用に関する法律」という法があった。名前からして明らかに憲法違反だが「住民の投票」は行われなかった。

同じことが辺野古を巡っても起きようとしている。翁長《おなが》知事がどうしても協力しない場合、知事の権限の頭越しに基地建設を可能とする特措法が作られるという展開は充分に考えられる。これまた九十五条違反のはずだが。

憲法とは本来このように国民を国の圧政から守るためのものである。一地方を犠牲にして他が利を得てはいけない。個人の権利を守ると同じように地方の権利も守る。それが機能しないのは日本国の司法府が憲法判断から逃げているからだ。

九十五条違反と提訴してもまともな判決は返ってこない。最高裁は砂川判決で、日米安保のような高度に政治的な問題は「その内容について違憲かどうかの法的判断を下すことはできない」という判例を作ってしまった。その根底には日本国憲法と日米安保条約の間の矛盾がある。辺野古はそれが露骨に現れる場である。七十年に亘《わた》って変わらぬ米軍支配。


現代の世界で三権分立は民主主義国家があるべき姿として奨励されている。欧米諸国はどこもその体裁を整えているし、途上国はそれを目指している。経済発展だけでなく国の体制でも彼らは「途上」にあると言える。

しかし日本では国の根幹に関わる問題で司法府が憲法判断を放棄してしまった。一九九七年の段階で九十五条は死んだ。今は九条が死にそう。

最近になって立法府も死にかけてきた。民意を反映しない選挙制度が一強多弱の体制を生み出し、それにうんざりした国民の無関心が投票率を下げ、小選挙区では全国民の二十四％の票を集めたにすぎない自民党と同じく十七％の公明党が絶対多数になった。しかも議員の多くは党の方針に逆らえない若手の陣笠くんたち。かくして国会はヤジと手続きの機関に堕した。

今の日本は行政府の独裁という状態である。

集団的自衛権についての審議が始まるはるか以前、この四月三十日に安倍首相がアメリカで、この法案の成立を約束し「日米同盟はより一層堅固になる。この夏までに成就させる」と宣言した。それでも国会は立法府を侮蔑するあの発言を問題視しなかった。本来ならばあれだけで内閣不信任の動議が出され、場合によっては解散、総選挙だったはずだが、そよとも風は吹かなかった。国会は行政追認の大政翼賛会と化した。

既に司法なく、今また立法なし。日本は三権分立で運営される民主主義国家から行政独裁へと、途上ならぬ途下の道を粛々と歩んでいる。三脚のはずが一脚では立てない、主権在民という地面に穴を穿《うが》たないかぎり。

というところまで来て、さすがに理性が働きはじめたか、衆院憲法審査会での憲法学者三名揃《そろ》っての違憲論が政権の暴走にブレーキを掛けた。世論調査によれば、安倍首相の説明が不充分だと思っている国民が過半数。実際、あの説明は論旨の骨もないぶよぶよの代物で、公明党も困惑している。

学者の意見や国民の声で強行採決が阻めるか。それはそれでこの国の成熟を示すものだろうが、三権の方はどう修理すればいいのだろう。

（二〇一五年七月七日）

ギリシャ危機

ギリシャ経済の危機はとりあえず回避された。あるいは先延ばしされた。

本当にそうなのか?

そもそもあれはギリシャ経済の危機だったのか? ユーロの危機、EUの危機、世界の危機がギリシャという場を通じて露《あら》わになったのではないか?

もう一つ、ギリシャ人は怠け者だからドイツなどから金を借りて使いまくり、勝手に借金地獄に陥ったという風説はどこまで真実か。

まずは「ギリシャ人は怠け者だから」のところを考えよう。南の人間は怠け者だと北の人々はよく言う。いつかドイツで鉄道事故が頻発した時、新聞が「我々はスペイン化している」と書いてスペインの反発を買った。それでも事故率の高い国とそうでない国はあるから、これについては統計的に裏付けのある議論ができるかもしれない。

「国民性」という言葉がある。小異を捨て大同をもって国ごとに人々を束ねる（「民族」も似たようなもの）。だから理想のヨーロッパ人とは——

料理はイギリス人のレベルに達し、
アイルランド人のように常に素面《しらふ》、
謙虚なところはまるでスペイン人、
フィンランド人が負けるほど喋《しゃべ》り、
ユーモアではドイツ人も顔まけ、
車の運転はフランス人の技量で、
機械修理ならポルトガル人並み、
忍耐力はオーストリア人ほどで、
自制力はイタリア人くらいあって、
お金を払う段になるとオランダ人のように太っ腹。

笑えるけれど、この論法の延長でギリシャ人も怠け者というのは問題だ。
ギリシャで二年半暮らしたぼくが言うのだが、彼らは怠け者ではない。彼らは統制を嫌うのだ。

ゆえに組織の一員としてはなかなか力を発揮できない。第二次世界大戦でイタリア軍に攻め込まれた時、ギリシャ軍は撃退した。しかしその後でドイツ軍が来たらあっけなく負けて占領された。しかし話はそこで終わらない。国として負けたギリシャ人は自分の村のためには果敢にして執拗《しつよう》なゲリラ戦を展開したのである。ドイツ兵を一人殺せば村民が十人殺されるという場合でも手を緩めなかった。

身近に引き付けて考えてみれば、日本人にできることではない。


エマニュエル・トッドの『「ドイツ帝国」が世界を破滅させる』（文春新書）という本がおもしろい。タイトルは派手だが論旨は静かで説得力に富んでいる。

トッドの強みは人口学という手法だ。経済統計では嘘《うそ》がつけるが人口統計で嘘はつけない。みなプーチンのロシアを嫌うけれど、幼児死亡率や自殺率、殺人率が下がったのを見ればこの国が健全な方に向かっているのは間違いないと言う。

彼は人口統計に裏付けられた社会学で国民性を明らかにしようとする。ドイツはもともと直系家族で長子相続、下の子たちは長男の下位に位置づけられる。今ではそうでないと見えても、彼らは「長年の間に培《つちか》った権威、不平等、規律といった諸価値を、つまり、あらゆる形におけるヒエラルキーを、現代の産業社会・ポスト産業社会に伝え」たのであり、「そうした規律と上下関係という価値が浸透しているがゆえに、ドイツでは人びとが競争的なインフレ抑制策を受け容《い》れたのです。個々人をかつては家族に、今日では集団に組み込むそうした価値のおかげで、国全体としての経営戦略を一致協力して合議するほどにまで組織された経営者団体も現れてくることができたのです」。

彼らは我慢して蓄えた資本をギリシャなどに融資した。貸してくれと言ったわけではない。持つ者の方が貸したがったのだ。ただ持っていてもしかたがないから。

フランスの道を車で走っていると、対向車線の車がヘッドライトで合図してくることがある。ぼくも日常的に何度も体験があるが、すれ違う車がみなパッシングで何かを伝えようとしている。前方でスピード違反の取り締まりをしているから気を付けろという忠告。これがフランス人の気質だ。

ところがドイツでは誰かが駐車違反していると近所の人が警察を呼ぶ、とトッドは言う。「フランス人にとっては、これこそショッキングな話でしょう。」

フランスでは相続は平等。だから自由・平等・友愛が革命の標語になった。わがまま勝手な人たちである。

ここまではヨーロッパの話。しかしトッドは先のドイツ式の長子相続制のところで日本社会がこれによく似ていると指摘する。権威と不平等と規律、思い当たるところが少なくない。海外から日本の空港に着いたとたんに、おかえりなさい、足元に気をつけて、あれをしなさい、これをするな……とメッセージが降り注ぐ。政治と経済における統制は言うまでもない。

ぼくはギリシャ人の方がいい。

（二〇一五年八月四日）

時間の再配分

鶴見俊輔さんが亡くなった。
大事なことをいくつも教えてもらったと、その一つ一つを思い返す。

宇宙の底に
しずかにすわって
いると思う時がある
この自分が　まぼろし

私の眼《め》にうつる人も
ここにいる時はみじかく
いない時の中に

この時が　浮かぶ

「この時」という詩だが、こういう融通無碍《むげ》の思考法こそ鶴見さんだろう。その一方で剛直でもあった。だから無頼の輩《やから》どもがよってたかって国を壊そうとしている今、この人の後ろ盾を失うのは辛《つら》い。いてくださるだけで心強かったのに、と嘆くことしきり。

融通無碍と言えば、広井良典『ポスト資本主義』（岩波新書）にその好例が紹介してあった――

「生産性が最高度に上がった社会においては、少人数の労働で多くの生産が上げられることになり、人々の需要を満たすことができるので、その結果、おのずと多数の人が失業することになる」という問題に対して「時間の再配分」がヨーロッパで提案されているというのだ。

所得と同じように労働時間を再配分する。ドイツには「生涯労働時間口座」という制度があって、超過勤務の分の時間が貯蓄され、それを後で有給休暇として使うことができる。

広井さんは、職場の空気でことが決まるために休暇を取りにくい日本社会に対して、国民の休日倍増を提案している。

生産性が上がると失業者が増える。職があることが幸運とはならず、その職を失業者に奪われまいと過労に陥る。要はみんなが少しずつ働くように雇用の形を変えていけばいいのだ。

そちらへの第一歩としてこれらのアイディアは試みるに値すると思う（卓見が詰まった広井さんの本をつまみ食いするようで申し訳ない。企業栄えて民滅ぶ、という現況の分析と変革について、これは優れた本である）。

鶴見俊輔さんとも縁の深いSUREという出版社がある。家内工業のような形で丁寧に本を作り、売るのは取次や書店を通さない直販のみ（075・761・2391）。前記の詩を収めた『もうろくの春』という詩集もここの本である（今は増補した『鶴見俊輔　全詩集』になっている）。

ここが出した瀧口夕美『安心貧乏生活』に「時間の再配分」を自分で勝手にやってきたような人の話があってこれが愉快。

福本俊夫さんは小さな印刷屋の経営者で、「月十万円を目標に仕事してる」というのはそれ以上は要らないということらしい。「仕事場の家賃七千円、電気代が千円ぐらい、上水下水が、だいたい三千六百円。他にバイクの維持費。飯代が、家族四人でだいたい六万円」という生活。食材は巧妙な戦略で安くてうまくて安心なものを調達する。家はちゃんと持ち家。

本業とは別のところでこの人は動いてきた。『もうろくの春』の制作を、印刷や製本など、自分たちでやりたいというＳＵＲＥの無謀な試みを実現すべく東奔西走してくれた。

華麗な活動歴の人である。京都べ平連の縁で選挙を手伝い、成田空港反対闘争で三里塚に行ってセクト間の争いに呆《あき》れてしばらくの後戻り、ひょいと中古の印刷機を八十万円で買って、これは家業として軌道に乗った。丸木位里さんと俊さんの「原爆の図」の京都公開を手伝って、それで沖縄にも行くことになった。日の丸を燃やした知花昌一さんとも親しくなった。

そういう風に勝手に「時間の再配分」をして人生を組み立てた男なのだ。「一人でさびしくしていたら疑心暗鬼になるやん。市民運動にいてたら一人じゃなくなる」と福本さんは言う。世間はまっすぐ社会に繋《つな》がっている。

昔の日本では、大人が果たすべき責務は二つあった。一つは家族を養うための「かせぎ」、もう一つは世間さまへの「つとめ」。祭りの手配や困窮者に手を貸すことや、もめごとの仲裁、などなど。

それが今は「かせぎ」ばかりになってしまった。福本さんは言う――「昔は人を使いつぶすとこまではせえへんかった。今はちがうやろ？　大学でたかて、みんなつぶされてるやん」。

鶴見俊輔さんは人の話を聞いてよく「おもしろいねえ」と言われた。優等生の正解ではない答えに接した時にこの言葉が出た。「時間の再配分」と聞いて、福本さんの話を聞いて、身を乗り出して「おもしろいねえ」と言っている姿が目に浮かぶ。

（二〇一五年九月一日）

難民としての我らと彼ら

安保関連法が成立した。

「戦い済んで日が暮れて……」思うことは多い。

賛成票を投じた議員のみなさん、

政府の説明が論理に沿って充分なものであったと思われての賛成なら、あなたは論理的思考能力に欠ける。

充分でないと知って賛成したのなら、あなたは倫理的判断力に欠ける。

どちらかに○をつけてください。

次回の選挙の参考にします。

九月半ば、国会議事堂前のデモの中に身を置いて、みなの勇壮活発でどこか悲壮なシュプレヒコールに伍《ご》しているうちに、自分たちは日本国憲法から追放されて難民になるのだと覚《さと》った。

この国の国土が戦場に直結する時、非戦・平和に固執する民の居所はなくなる。これからは臥薪嘗胆《がしんしょうたん》の覚悟で失地回復・捲土《けんど》重来に力を注がなければならない（こういう話になると漢語が増えて肩に力が入る。もっとしなやかに考えて、したたかに動かなければ）。

シリアなど近東からの難民がヨーロッパに押し寄せてあちこちで混乱が起きている。ドイツなど富裕な国は受け入れに積極的だが、東ヨーロッパの貧しい国はできれば彼らを入れたくない。障壁を作ったり、あるいは通過するだけとして速やかに隣国へ送り出す。ハンガリーはとりわけ強硬で、他の国の顰蹙《ひんしゅく》を買っている。

ドイツにしたって重荷という思いはあるだろう。それでもドイツはこのところ景気がいい。その一方、経済政策で批判を浴びることが多かったから、ここは一肌脱ぐと決めたのか。

これはいわば遠い親戚が災難に遭ってこちらを頼って来たという事態だ。住処《すみか》を奪われた人々は今ここまで来ている。とりあえずは彼らが生きていけるようにしなければならない。

ＥＵは十六万の難民を加盟国に割り当てる案を発表した。各国への振り分けの基準などはそれぞれの国の人口や経済規模。ドイツは三万一千人、フランスは二万四千人など。

各国民にとって判断のポイントは、シリアなどの、アラビア語を話しイスラム教を信仰する人々を、「遠い親戚」として受け入れられるかどうかだ。具体的に言えば、自分の手の中のパンを二つに割って半分を差し出せるか。

ヨーロッパは地続きだから（地中海経由もあるが）、難民が渡りやすい。ではこれはヨーロッパの問題としてしまっていいのか。

遥かに遠いオーストラリアは一万二千人を受け入れると言った。ブラジルは「両腕を広げて難民を受け入れる」と宣言し、ベネズエラは二万人の受け入れを表明した。アメリカは二〇一七年会計年度の受入枠を十万人と言っている。フランシスコ教皇は先日、アメリカ議会の演説で「アメリカ大陸の人々は外国人を恐れません。なぜなら我々の大半が、かつて外国人だったからです」と言って喝采を浴びた。彼は新大陸から出た初の教皇。アルゼンチンの出身であり、イタリアからの移民の二世である。

ではシリアからオーストラリアと同じくらい遠い日本はどうするのか？

安倍総理は先日、ニューヨークでの記者会見で「移民を受け入れるよりも前にやるべきことがある。女性、高齢者の活躍だ」と述べた。

これはどういう論法だろう。彼の真意は、今後の労働力不足を移民で補うつもりはないということだ。「女性、高齢者」を「活用」したいと言いたかったのだろう。

記者の質問は難民のことだったのに、それは無視。移民は自分の意思で来る人、難民は住処を失ったよるべない人々。速やかな支援を必要とする人々。総理はこの二つを敢《あ》えてすり替えることで、難民は受け入れないと宣言したのだ。

去年、この国に来たいと申請した難民は五千人、認可されたのは十一人！　要するにぜったいに入れまいと頑《かたく》なに拒んで、できれば拠金で済ませたいと言って、難民に対する鎖国を貫いてきた。同じような姿勢でいるサウジアラビアは（我が外務省の好きな言葉を使えば）「国際社会」で軽蔑の対象になっている。

我々は異民族とのつきあいの経験が少なく、異文化を生活レベルで受け入れることに不器用かもしれない。しかしこの先のことを考えればずっと鎖国で済ませるわけにはいかないのは明らかだ。飛行機とインターネットの時代にここはもう島国ではない。

東京・新大久保の「国際社会」はヘイトスピーチにも負けず元気だし、埼玉・蕨《わらび》に住むクルド人数百人も周囲と調和して暮らしている。

他国にならって、ある程度の摩擦と苦労を承知の上で、開国すべき時期ではないのか。人口比で言えば、ドイツの三万一千人に対してこちらは四万八千人ほどになるが、準備はよろしいか。

（二〇一五年一〇月六日）

ピカソの作品に思う

ピカソに「フランコの夢と嘘《うそ》」という二枚セットのエッチングがある。どちらも葉《は》書《がき》サイズの小さな絵を九点、3×3の齣《こま》割りで劇画のように並べたもの。馬に乗った男（これがフランコ）、雄牛、死体、怪物、有刺鉄線、泣く女などの乱雑でグロテスクな変奏曲である。

大半は一九三七年一月に一気に制作され、六月になって四枚が追加された。その前の年の秋、フランコ将軍は人民戦線の政府に武力攻撃を加え、スペイン内戦が始まっていた。

ピカソはフランコの野望の正体を暴こうとした。この作は彼の初めての政治的メッセージであり、大作「ゲルニカ」に先行するものだった。

自作の詩が添えてある。シュールレアリスムの、自動筆記のような手法で書かれて、

「……子供たちの叫び女たちの叫び鳥たちの叫び木と石の叫び煉瓦《れんが》の叫び家具の……」

という悲痛な内容。

一九三九年、戦いに勝ったフランコは国家元首となり、その支配は一九七五年の彼の死まで続いた。

ぼくはピカソが好きだから彼の絵をずいぶん見ている。タイトルを憶《おぼ》えているものも多い。その記憶の中で先日から「フランコの夢と嘘」というフレーズが脳裏を行き交っている。それも「フランコ」ではなく「夢と嘘」の方が。

これを今の日本に重ねようというつもりではない。もっと深いところで「夢と嘘」という言葉が低く鳴っている。政治というのは根源的には「夢と嘘」を操作する技術ではないのか。

社会を滑らかに運営するだけなら行政だけで済む。それを超えて強い求心力で国民を整列させ、未来に向けて行進させる。そうして束ねられた国家は外に対しては強いのだろう。

だから無能な政治家は民心統合のために周囲の国に対する敵愾心《てきがいしん》を利用する。ナショナリズムを煽《あお》り、危機感に訴える。そして、しばしば、国民はそれに応じるのだ。戦火で傷ついてから政治家を恨んでももう遅い。責任は扇動に乗ってしまった国民にある。

では敵ではなく夢で束ねるのは？

ピカソはフランコの個人的な野望を夢と呼んで諷刺《ふうし》・糾弾したが、実はそれは国民の一部が共有する夢だった。だからフランコは勝利し、スペインを掌握し、独裁は三十年以上続いた。

現代ギリシャ語では政治家はポリティコスと言う。これは古代ギリシャで都市国家（ポリス）の運営者という意味で作られた言葉だ。

以前にもこのコラムに書いたが、それとは別に政治家をキベルニティスと呼ぶことがある。原義は「舵《かじ》取り」（情報工学で言うサイバネティクスの語源でもある）。国家という船を駆動するのは国民の力だが、舳《へ》先《さき》をどちらに向けるか決めるのは政治家の役目。

そこで船を進める指針として前方に目標を掲げる。それが政治家が言う「夢」である。そもそも人が勝手に抱く欲望を睡眠時の脳内生理現象に重ねて夢と呼んでいいものか、ぼくは疑問に思うのだが、それはともかく、あり得べき自分たちの像を未来に措定して、そちらに行こうとみなを叱咤《しった》激励《げきれい》する。

政治には何か未来像が要るらしい。隣国を敵と名指して戦意高揚を図るのは、その敵に勝った時の喜びを想像させ、あるいは敗れた時の悲惨を想像させることで国をまとめる詐術だ。

夢の方はもう少し穏やか。経済的な繁栄とか祝祭の約束とか。

実を言えば、二十一世紀の今、どこの国ももう無限の経済成長は望めない。必死でごまかして先送りしているだけ。「夢」は「嘘」にならざるを得ない。

安倍首相は東京オリンピックという祝祭で国民をまとめようと考えたが、それは「フクシマはアンダー・コントロール」という嘘と抱き合わせだった。放射能問題が「もれなくついてきます」。

現代の嘘の専門家が広告代理店。「今、これをお買いになると純金の子豚が当たります」というのは正確には「当たるかもしれません」だろう。「三本の矢」はコピーとしてはうまかった。つまりよくできた嘘だった。「新・三本の矢」はどうみても失敗作。中は空っぽということが露骨に見えてしまった。

その一方で、経済優先・消費扇動の現政権に対してこれを批判する側の声は（ぼくも含めて）誠実なのだろうが今一つ迫力がない。地味でクラい。

現政府が言っていることは嘘だと言っても、もう成長がないことを認めた上で社会を変えようと言っても、人はなかなか聞いてくれない。ぼくらの側には広告代理店がいないから自前でやるしかないわけだし。

それでもずいぶん変わってきたとも思う。若い人たちがモノを欲しがらなくなったのはよいことなのだろう。深層からこの社会は変化しているのかもしれない。

（二〇一五年一一月一〇日）

テロとの戦い

宗教は人間の魂の救済を目指し、政治は人間を束として扱う。まったく別のもののはずだが、しばしば政治は宗教を利用する。「イスラム国」（IS）はイスラム教を強調するけれども、彼らがやっているのは武力と暴力による政治であって宗教活動ではない。彼らとイスラム教一般は、オウム真理教とあなたの家の宗派ほどにも違う。

パリの事件は、先進国の都会に住む者にとっていかにも身近なことだけに衝撃が大きかった。死者八十九人を出したルバタクランは武道館でもあり得た。そう考えて東京の繁華街にいくらでもいる中東風の顔立ちの若者に対して警戒心を抱けば、我々はテロの首謀者の策謀に嵌《はま》ったことになる。彼らの目的は恐怖による分断だから。

分断に対しては団結。

事件の直後に「フランスは団結する」という言葉がオランド大統領の口から出た。

エッフェル塔が三色旗の色にライトアップされた。

フランス人は異論が好きである。デモとストライキは日常茶飯事。一九七九年の南民戦事件でパリから帰れなくなった洪世和《ホンセファ》は「祖国では『団結か死か』と言っていたが、この国では『団結は死だ』と言う」と感心している（『セーヌは左右を分かち、漢江は南北を隔てる』みすず書房）。

だから今年一月のシャルリー・エブド襲撃事件の時は、「私はシャルリー」というメッセージの他に「私はシャルリーではない」や「我思う、ゆえに我はシャルリーなり」や、テロを阻止しようとして殉職したムスリムの警察官アハメド・メラベを思って「私はアハメド」などが巷《ちまた》に溢《あふ》れた。

それでもこういう場合はやはりフランス人も団結するのだろうか。それは「イスラム国」に対する武力攻撃という形を取るのだろうか。

フランス人が団結したことがある。二〇〇五年一月、イラクで新聞記者フロランス・オブナと彼女の助手・運転手のフセイン・ハヌーンが誘拐された。政府は初め二人に対して冷淡だったが、市民は熱烈な奪還運動を展開した。その頃ぼくはパリ近郊に住んでいて、地下鉄の駅で二人の顔を並べたポスターを何度となく見た。パリの地下鉄のポスターは床から天井までで一枚という大きさだから迫力がある。

支援大会の切符を手に入れるために人々は雨の中で行列した。パリだけでなく、他の都市でも建物のファサードに二人の大きな写真が掲げられた。パリにある大きなモスクで二人の無事な帰還を祈る催しがあった。アラブ世界研究所は正面に二人の写真を掲げた。二人のためのデモがいくつもの街角で何度となく展開された。

百五十七日の拘禁の後で解放された二人をシラク大統領が空港に出迎え、「これはフランス全体の喜びである」と演説した。

大事なのはここでフランスがフロランスとフセインを写真や名前のサイズで同等に扱ったことである。フランス人とイラク人の間に区別はないし記者と助手＝運転手の間にも区別はない。それがフランスの国是「エガリテ＝平等」の真意だと彼らはアピールした。

二〇〇三年十一月二十九日にイラクで奥克彦駐英参事官と井ノ上正盛三等書記官が殺された。その時に一緒に犠牲になったイラク人の運転手ジョルジース・スレイマーン・ズラの名を日本のメディアはほとんど報道しなかった。

二〇〇四年四月、高遠菜穂子さん、郡山総一郎さん、今井紀明さんの三人がイラクで誘拐された。ボランティア仲間の支援で無事に帰還できた三人を我々日本人は「自己責任」という言葉で徹底的に「バッシング」した。見るに見かねてか、アメリカのパウエル国務長官が「このような人がいることを日本の人々は誇りに思うべきだ」と言ったことを思い出そう。

フロランスとフセインの場合、高遠と郡山と今井の場合、フランスの場合と日本の場合、何が違ったのだろう。

個人の意思をまとめる民主主義の結果と言いたいが、実際にはメディアの誘導効果が大きい。人質は国策の邪魔だからジャーナリストはイラクに行くなと言ったフランス政府に対して、メディアは猛烈に反発した。報道機関の局長クラス四十六名が集まって宣言を出し、フロランスとフセインを支援する委員会が作られた。

日本のメディアが申し合わせたように三人を見捨てたのは、政府の意向に沿うものではなかったのか。

今回のパリの事件について安倍首相は「テロには屈しない」というメッセージを出した。勇壮にして内容空疎、と読んではいけない。日本人が人質になっても日本政府は救出の努力は一切しないという意味なのだ。海外に出る時も、また国内で呑気《のんき》に暮らしている時も、保護はないと覚悟しておこう。

（今回の原稿には一部に自著『異国の客』〔集英社〕などからの引用があります。）

（二〇一五年一二月一日）

与那国島からの便り

日本のいちばん西の端に与那国島がある。百キロ先は台湾というあたり。この島には野生の馬が群れで暮らしている。ぼくはこの島に行った時に馬たちを見かけたことがある。

ここに一人の女性がカディという名の馬と一緒にいる。その人、河田《かわた》桟《さん》さんがカディを飼っていると言うこともできるが、一人と一頭が並んでそこにいると言った方が本当の姿に近い。

親からはぐれた幼い馬を言わば養子にして名前を付けた。一つの「仲」が生まれて五年が過ぎた。その間でわかったことを河田さんは『はしっこに、馬といる』（カディブックス）という本に書いた。「ウマと話そうⅡ」という副題が付いているのは、この前に『馬語手帖《てちょう》　ウマと話そう』という本があるからだ。

ぼくは一か月ほど前からこの二冊に夢中になっている。何度も読んでそのたびにふーっとため息をついて、それでも読み終わったと思えない。大事なことを読み落とした気がしてまた開く。

河田さんの文章は紋切り型を避ける。要約すればこれは二個の個体の間の言葉に依《よ》らないコミュニケーションの話、ということになるのだろうが、しかし彼女はそういう大上段なまとめをしない。抽象化せず、感覚的なことを丁寧に具体的な言葉に移して、カディとの意思のやりとりを記述する。

飼われているのなら馬は人の言うことを聞かなければならない。その先には調教という言葉も出てくるだろう。甘やかすとなめられる、となるだろう。

しかし河田さんはこう考える――

「わたしは、そもそも、ウマに、『どうしてあなたの言うことを聞かなくてはいけないの?』と訊《き》かれたら、『そうだよね、どうしてだろうね』と考え込んでしまいそうな性分です。精神的に『弱い』というのとはちがうかもしれないけれど、すくなくとも『強いヒト』の立ち位置でだれかと関わる、というのがとても苦手です。」

だからこれは馬と人間の関係ではなく、ウマとヒトの仲なのだ。同じ地面に立つところから仲は始まる。

時間をかけて河田さんは馬語を学んだ。『馬語手帖』には馬が耳を使ってする意思表示の図解がある（言い忘れたがこの人は絵がうまい）。

「ふつうの時」、「少し開く」、「横に寝かす」、「ピンと立てる」、「ピクピク動かす」、「後ろに寝かす」、「後ろにぴったりつける」、それぞれに意味がある。

「横に寝かす」は「争うつもりはありません」だが、「後ろに寝かす」は「なんだおまえ！」であり、「後ろにぴったりつける」となると「蹴ってやる！」、「噛《か》んでやる！」だそうだ。

『はしっこに、馬といる』から

そうやって馬の気持ちを読みながら同じようにこちらの気持ちを伝える。互いのやりたいこと、やりたくないことを認め合ってことを決めてゆく。
馬は大きいし力も強い。双方が意地になれば危ないこともないではない。力を誇示し合うパワーゲームになった先で、河田さんは馬のそばで「なにもしないヒト」になることにした。そばにいる。それだけ。馬を使ってなにかしようという意図を捨てる。

そうするといきなり馬たちの世界が見えるようになったと彼女は言う。意図を持たないまま馬と向き合う。ここのところをぼくなりに解釈すれば、これは馬と並んだということだ。馬はヒトに何かさせようとはしないから。

自分のことになるが、もう十七年も前、ネパールの奥地を馬で旅した。コロという名の馬に乗って一か月。与那国馬と同じアジアの馬だから小柄だが、四千メートルの峠まで登っても平気なほど力があって、従順で、しかし明らかに自分の意思がある。おまえを運んでやると全身で言っている。絶壁の上の細い道を行く時、運命はコロに任せるしかなかった。

あの時この本を読んでいたらぼくはもう少しコロと心が通じただろうか。『はしっこに、馬といる』はコミュニケーションについての洞察の書である。対等というキーワードが隠れているかもしれない。しかし河田さんは余計な意味づけを避けて、観察と思索だけを淡々と書く。著者という優位な立場から読者を誘導しない。カディに対するのと同じ姿勢かもしれない。

そこで思うのだ、河田さんは絶対に言わないが、これは愛ではないのかと。

ちなみにカディとは与那国の言葉で風のことだそうだ。

（二〇一六年一月五日）

抵抗する若者たち

去年からずっと見たいと思っていた映画をようやく見られた。原題はあっさり「それでも僕は帰る～シリア　若者たちが求め続けたふるさと～」、と「ホムスへの帰還」。

シリアの西部にあるホムスという都市でアサド政権に抵抗する若者たちを撮ったドキュメンタリーである。

見終わって何時間たっても映像が頭の中で渦を巻いている。場面が断片的に甦《よみがえ》り、いくつもの疑問が噴出する。それが今の状況と呼応してもっと大きな疑問になる――なんで世界はこんなことになってしまったのか？

チュニジアのジャスミン革命を機に、二〇一〇年末からアラブ各国で独裁的な体制への抵抗運動が高まった。人はこれを「アラブの春」と呼んだ。

ホムスで若い人々が抗議運動を始めた。率いるのがアブドゥル・バセット・アルサルート。「ぼくはアジアで二番のゴールキーパーだ」というとおり、サッカー選手として国民的な人気があった。それがデモの先頭に立ってアサド政権の退陣を求める。こいつが超かっこいい。

十九歳。美青年で、扇動的な演説がうまく、自作の詩に節をつけて歌うのがまた見事。内容から言えば革命歌なのだが、政権打倒を歌い、団結を歌い、不屈を誓い、アッラーを讃《たた》える。それがアラブの哀愁を帯びたメロディーに乗る。

実写の映像が見る者を引き込む。群衆の盛り上がりと熱気が伝わる。

しかし、政府軍はデモの参加者を無差別に大量に殺し始めた。演説と歌と踊りとプラカードの平和的なデモの訴えは真っ向から暴力的に否定された。

政府軍は反抗的な地域の住民を強引に追い出し、町を封鎖して無人化しようとした。

若者たちは武装蜂起に踏み切る。

監督タラール・デルキは早い段階でバセットのカリスマ性に着目し、彼を中心にしたドキュメンタリー映画を作ろうと決めたらしい。バセットの友人のオサマが半ば専属のカメラマンになって彼の活動を撮ってネットに流す。

蜂起の後は映像は戦闘場面になった。敵は正規軍だから戦車から狙撃兵まで何でも揃《そろ》っている。建物は次々に破壊され、脱出しようにも一本の道を渡ることもできない。

この映画はその場その場の実写を繋《つな》ぐだけで、全体状況がなかなか読めない。しかしよく撮ったと息を呑《の》むような場面の連続。物陰から出てカメラを向けることは撃たれる危険に身をさらすことである。英語では「撮る」も「撃つ」もshootという同じ言葉だ。

バセットたちは圧倒的な敵に包囲されて動きが取れない。移動には家々の壁をぶちぬいて作った通路を使う。表通りに出れば撃たれる。

実際に人が撃たれて倒れる場面もあるし、負傷者の運搬や即席の手術の場面も、大量の死者を埋葬する場面もある。棺《ひつぎ》が足りないから白い布で包んだだけの死体が無数に並ぶ。

フィクションならば我々はこの種の場面に慣れてしまっている。しかしこれはフィクションではなくファクトだ。不器用で不細工な、ブレとピンぼけの映像。時系列に沿った編集だが、場面の間の時の経過がつかみにくい。

ある段階でカメラ担当のオサマは政府軍に捕まって消息を絶った。しかしその後も誰かがその時々カメラを手にして撮った。監督のチームが現地に入ることもある。編集は抑制が利いているが、素材の力が圧倒的。

外部の支援を求めてバセットは下水管を伝って脱出する（後で下水管は政府軍の手で爆破された）。支援はなかった。僅《わず》かな希望と共に、まだ包囲されている人々のもとへ彼は帰って行く。

その後のことはわからない。

一つ気になるのは、誰がバセットたちに資金を提供したかということ。外国の個人の寄付という言葉があったが、信じるわけにはいかない。それは受け取っていい金だったのか。彼は国際政治の駒ではなかったのか。

シリアは「アラブの春」が最もこじれたケースだ。今も激烈な内戦が続き、国民は続々と国を逃れて遠い土地へ向かっている。自国民を平然と大量に殺し、都市を廃墟にする政府のもとで暮らすことはできない。エジプトでは軍がムバラクを見放したが、シリア国軍は今もアサドに従っている。

社会が大きく揺れる時、人はそこに希望を見出《みいだ》す。チュニジアの政権が倒れた後で、エジプトやリビアやシリアの抑圧された人々は希望を持った。だが民主的な安定した政権に移れた国はない。

二〇一一年、ぼくたちは震災を機に希望を持った。復旧に向けて連帯感は強かったし、経済原理の独裁から逃れられるかと思った。五年たってみれば、「アラブの春」と一緒で一時の幻想、「災害ユートピア」にすぎなかったように思われる。

（二〇一六年二月二日）

東電の責任と倫理観

たしかに世の中には、個人にも社会にも、不運ということがある。自分たちがいかに注意して回避しようと努力していても、それを超えて起こる事故や災害がある。そういう事態に対して不可抗力という言葉が用意されている。

五年前の東日本大震災はまさに不運であった。地震と津波はあまりに規模が大きく、我々は当初はただ茫然《ぼうぜん》として、その後は悲嘆に暮れるのみ。喪失を受け入れるだけでも長い歳月がかかった。

しかし、現代の我々にとって、自然災害はそのまま不可抗力ではない。自然に対抗して、自分たちで環境を作り直して生きてきたのが我々ヒトという特異な種なのだ。環境の不備は自分たちの努力の不足でもある。地震と津波に対する準備に欠陥があったことを認めないわけにはいかない。

三陸の津波について言えば、この地はこれまで何度となく津波に襲われてきた。明治二十九年（一八九六年）六月、宮澤賢治が生まれる二か月前に大きな津波があって、この時は岩手県大船渡市綾里《りょうり》地区で標高三十八・二メートル（！）のところまで潮が達した。

東北地方の太平洋岸は津波の地だ。西暦八六九年の貞観《じょうがん》の大津波が記録に残る最古。平安時代初期だが、地史の感覚でいえば千百年前は決して遠い過去ではない。日本は長い歴史を持つ国であり（アメリカと比べてみるといい）、古代から文字による記録が残っている。この国において忘却は許されない。

東京電力と国は福島第一原子力発電所において地震と津波の危険度を測りそこなった。コストを節約しようと設備投資を怠り、結果、大きな被害を出した。我々は今も事実上国土の一部を失った状態にあるわけで、健康被害は後々の世代にまで及ぶ。放射性物質は大気や海に放出されたのだから、世界中のすべての人々に対する責任もある。

あれでもまだ運がよかったということも忘れてはならない。使用済み核燃料プールの水がなくなっていたら、風が首都圏に向かっていたら、被害はもっともっと大きかったはずだ。

安全は常にコストとの関係にある。無限の安全を求めれば事業は成り立たない。しかし、日常生活でふつうに安全に気を配って暮らしている者の感覚で、あの原発の崩壊を天災と言うことはできない。危ないところに安全対策に欠けるものを造っておいて、それが壊れた。責任がないはずがない。

原発事故については責任を明確にしない。これが3・11の直後からの国の方針。この前提に立ってことを処理するために「原子力損害賠償支援機構」という組織が作られた（後に「原子力損害賠償・廃炉等支援機構」に改組）。国と電力会社十二社が同額ずつ出して東電の賠償費用の一部に充てる。同じような事故が起こった時、他の電力会社は同じように支援を受けることができる。

一見、電力会社は身銭を切っているように見えるけれど、それはそのまま電力料金に上乗せされている。彼らにすればまた事故を起こしてもこの仕組みに助けられるのだから、安心して再稼働に走れる。国民にとっては災厄でも、会社は大丈夫。

福島事故は損害賠償に六・二兆円、除染と中間貯蔵に三・七兆円、廃炉と汚染水対策に二兆円を要している。それでもまだ原子力発電は安いと政府は言い張る。実際の話、廃炉の費用はどこまで膨らむかわからない。使用済み核燃料の処理はどうするのだ？　六ヶ所村の核施設はどう畳むのだ？

政治とはあるところまでは利害の調整であり、常に倫理的であるとは限らない。予算も時間もかぎりがあるわけだから、時には強引な手法に頼ることもあるだろう。しかし、それでも東電の責任回避は限界を超えているように思われる。

企業は法人である。法的に一つの人格が認められているわけで、個人と同じく自分の存在を保持し、自分の利にかなうべく行動することが許される。

しかしそれと同時に一定の倫理基準も要求されるはずだ。利潤のため、株主への配当のためならば何をやってもいいわけではない。国の暴走を憲法が縛るように、企業の倫理逸脱も制限されなければならない。

東電はあの日以来ずっと嘘《うそ》とごまかしを重ねてきた。五年後の今ごろになって、炉心融解を定義するマニュアルがあったことを白状した。津波の日の三日後に事故の正確な規模を公表すべきだったのに二か月先まで引き延ばした。正しい情報があればこの間にできたことは少なくなかっただろう。

原発という危険な施設を運転する資格と能力はこの会社にはない。他の電力会社にもない。

東電はあの時点で破綻《はたん》処理すべきだった、と環境経済学の大島堅一さんは言う。ぼくは、日本国民の再度の不幸回避を考えて、これに賛成する。

（二〇一六年三月一日）

あの津波と次の津波の間

五回目の3・11の日が来て過ぎた。

当日、ぼくは大槌町吉里吉里の漁港にいて、小さな慰霊祭の場で午後二時四十六分を迎えた。遠方からも参集した十名以上の僧たちの読経のユニゾンの声に包まれた。焼香して献花する人たちの哀惜の思いがどこか穏やかなのは五年という歳月の効果だろうか。

その後で同じ岩手県の山田町まで北上し、宮城県の気仙沼まで南下、国道45号線に沿って見知った地を走ってみたが、見えるのは土木工事だけだった。土とコンクリートと重機ばかりで人の姿がない。全身が砂埃《すなぼこり》にまみれた。

メディアは早速にも他の話題に走っているようだが、あの日を境に次の災害の確率が下がったわけではないし、被災者の生活が変わったわけでもない。

確かに我々は教訓を得た。地震と津波はまた来るのだ。その時にどういうことが起こるか、それは3・11の映像として記憶に刻まれている。

備える動きも進んでいる。

石巻市大宮町の津波避難タワーを見せてもらった。造りかけのビルのような鉄骨の構造物で、最上階だけ広い一室になっている。ここの高さは地面から十メートル弱。3・11の時の浸水は四・五メートルだったから充分な余裕と言えるのだろう。この居室と屋上で公称二百十四名を収容できる（実際はもっと入れるように見えた）。非常食と飲み水、救急キットなどが備蓄され、ソーラー・パネルで電気も供給される。

あくまでも短時間の緊急避難用であって避難所ではない。津波に対しては高台避難が原則だが、それが間に合わない時にともかくここに駆け上がる。平坦《へいたん》な市街地では高台が遠い。五年前にも避難タワーがあれば救われた命は少なくなかったはずだ。

避難タワーは目立つ。普段の生活で嫌でも目に入る。いざという時はあそこに行くのだという意識が住民の間に植え付けられる。

それに、避難タワーは他の津波対策に比べると安い。石巻のは二億円。道路の上に造ることもできるし、そうなると用地の問題がない。静岡県吉田町には歩道橋とセットになったのがある。南海トラフ地震の対策も進んでいるらしい。

防潮堤の建設も盛ん。今回も行く先々で工事を見た。陸前高田の小友《おとも》では縦長の二等辺三角形の巨大なものが造られていた。同じく大船渡の末崎《まっさき》のは生活道路のすぐ脇にあって海と集落を断絶している。東京の隅田川の通称「カミソリ堤防」に似ている。壁の向こうが川や海だという実感がない。批判に応じて東京では親水公園として隅田川テラスが造られた。

見えない海は日常の意識の外に出てしまう。それへの配慮か気仙沼の商港岸壁の防潮堤には小さな窓が開けてあって海が見えるようになっていた。

防潮堤はどれほど頼りになるか。

宮古市の田老《たろう》地区は過去の被害に学んで十メートルという格段な規模の防潮堤で集落を囲んだが、3・11ではこれは一瞬にして打ち倒された。

今回も大槌町赤浜で壊れたままの防潮堤を見た。これと新設されるものはどこが違うのだろう。

前のより高いものが造られることが多い。大船渡市越喜来《おきらい》地区では七・九メートルが十一・五メートルになった。陸前高田市のは十二・五メートルある。

防潮堤に一定の効果はあるだろう。しかし予想や期待が通用しないのが自然災害だ。あれがあるから大丈夫とは思わない方がいい。次の津波では大丈夫かもしれない。その次でも防潮堤が守ってくれた。そう思っているところへバカでかいのが来る。自然は人間の都合など考えていないから。

五年の節目を機にあちこち見たが、こんなに土木的な対応ばかりでいいのだろうかというのが正直な印象。この五年間に投入された復興費用二十六兆円のうちの十四兆円までが「インフラ整備、まちづくり」と称する工事費だった。この先の五年間の復興予算は六・五兆円しかない。その大半がまた土木だったら……

陸前高田の高台から見ると、大規模工事でかさ上げされた土地がどこまでも広がる。赤っぽい土の荒野。本当にここに人は帰って来るのだろうかと疑う。

もともとが過疎化が止まらない東北だった。そこに震災というハンディキャップが重なった。職場が減り、先が見えない。福島県では更に原発の問題がある。

東京ではしゃいでいると地方のことがわからない。オリンピック・パラリンピックがいい例で、三陸の荒廃地には何の恩恵ももたらさない遠いお祭り。

地方でも同じ集中が起きている。東北ならば仙台だけが栄えて人を集める。北海道では札幌、九州では福岡。この傾向に対する施策が充分とは思えない。

次の震災・津波はいつだろう。

（二〇一六年四月六日）

文字と決まり

この二月、文化庁が「常用漢字表の字体・字形に関する指針（報告）について」という文書を出した。

一九四九年（昭和二十四年）の「当用漢字字体表」以来、漢字の字体・字形には一定の幅があることを前提としてきた、とまず言う。

「しかし、近年、手書き文字と印刷文字の表し方に習慣に基づく違いがあることが理解されにくくなっている。また、文字の細部に必要以上の注意が向けられ、正誤が決められる傾向が生じている。」

たぶんあちらこちらに配慮した結果なのだろうが、実にわかりにくい官僚文体。要は規範と逸脱の問題、その限界を定めるということだと理解した。

例を挙げれば、市役所の窓口に提出する書類に「令」の下の部分を「マ」の形で書いたら突き返された、というようなことがあったらしい。

文字は社会の共有財であると同時に個人に属するものでもある。だから固有名詞に使われる漢字には常用漢字にないものがたくさんある。

「長短」、「方向」、「曲直」、「つけるか、はなすか、はらうか、はねるか」「とめるか、はねるか」など字体の原則を示すだけで規範とはならないから、境界の事例についてはその時々の判断が求められる。そのためか、この文書には常用漢字ぜんぶについて「字形比較表」がついている。

文字を持つ言語には正書法が必須だ。規範を示し、逸脱を制限する。日本語の表記については漢字の字体・字形だけが問題なのではない。

一九八九年に「レガシィ」という名の車が売り出された。これあたりが小さなイの始まりではなかったか。商品を売る現場では視覚に訴える力が強く働く。その分だけ逸脱に傾きやすい。

問題は「レガシィ」と「レガシー」は発音において何の違いもないということだ。同じ発音に異なる表記があるのは正書法から言えば好ましいことではないが、社会（と文化庁）はこれを許容したらしい。

子の命名については逸脱は広範囲に認められ、いわゆるキラキラネームが世に溢《あふ》れた。先日の新聞に「月」と書いて「るな」と読ませる例を嘆く投書が載っていた。古代の日本で「犬《けん》」という中国の文字を強引に「いぬ」と和語で読んでしまった歴史を思えば、それが日本語の表現力を飛躍的に高めたことを思えば、「月」はラテン語風に「るな」でもいいのかもしれない。ただし、それが標準化される日は来ないだろう。これを許容すれば日本語の正書法は拡散するばかりだ。


国際免許証という公文書がある。

日本国の運転免許証の所有者が外国で車を運転するに際してその資格を証明する。有効期限は一年間。

本人が申請して発行されるのだが、受領には署名が必要。

今の世界では本人確認は大事なことだから、顔写真は言うまでもなく、印鑑やら、暗証番号やら、指紋や虹彩《こうさい》などの生体情報やら、さまざまな手法が用いられる。その中でも署名・サインは最も広く用いられるものだ。かつては花押《かおう》という美しい署名もあった。

警察署で受け取る時、係官の前でサインしろと言われる。これは当然のことなのだが、しばらく前の話、そこで「ローマ字で」と言われた。

ちょっと待ってほしい。

署名というのは一人に一つしかない。だからこそ本人同定の鍵になる。ぼくはパスポートもクレジット・カードも署名はすべて漢字で書いている。個性が出るし、海外では絶対に真似《まね》されない（映画「太陽がいっぱい」でトム・リプリーが偽のサインの練習をする場面を思い出そう）。

どこかの国でレンタカーを運転していて事故を起こしたとする。保険の書類には当然パスポートやクレジット・カードと同じ署名をする。ところがそれが免許証の文字と違う。ぼくのアイデンティティーが疑われる。

免許証を受け取る時にそう言っても抗議は認められなかった。警察庁の通達でそうなっていますと言われるだけ。拒めば免許証はもらえない。

なぜ国際免許証にはローマ字の署名が強要されるのだろう？　いわゆる国際社会が欧米諸国ばかりで構成され、そこに参加することが国是だった時代の遺物なのかと邪推する。

（先日、たまたま友人が国際免許証を取得した。署名どうだったと聞くと、「サインしておいて下さい」とブランクのまま手渡されたと言う。公式に問い合わせれば規定は昔のままと言う。警察庁はひそかに軟化したのか。）

言葉感覚という話題のついでに言えば、「余震」という科学用語は耳に軽すぎる。「残震」とか「続震」とか、濁音の入った強い響きの言葉にすべきだった。だいたいあれは「余り」などという軽いものではないわけだし。

（二〇一一六年五月一一日）

熊本地震、被災地を訪ねて

阿蘇くまもと空港に降りる前、たまたま窓際の席だったので下を見た。飛行機は住宅街の上を飛んでいた。家並に鮮烈な青が点在している。地表が豹柄《ひょうがら》のようにまだらになっている。

青いのは熊本地震で壊れた家々の屋根を覆うブルーシートだった。路上の視点からは見えない被害の実態を上から見て、これほど多いのかと戦慄《せんりつ》した。

空港のターミナルも満身創痍《まんしんそうい》。安全確認ができないとして立入禁止の区域があちこちにある。到着口からレンタカーのカウンターに行くのに一度建物の外に出なければならない。

熊本には友人が多い。みんなの顔を見て無事を確かめたいと思った。

前震・本震から五週間ほどが過ぎて、余震も減り、ある程度は秩序が戻っているように見えたが、実際はどうだろう。

以前からよく知るランドマークとして熊本城に行ってみた。西側から遠望しても石垣の崩れがよくわかる。いかにも堅固に見えていたが、しかし人間の軍勢を相手とする戦いに堅固なのであって、天災はその範囲を超える。それに四百年は地史では一瞬でしかない。

年来の友人の作家・石牟礼道子《いしむれみちこ》さんのもとを訪れた。お元気でいらしたが、地震の時は本当に恐ろしかったと仰《おっしゃ》る。

地震のすぐ後で電話した時には「建物が崩壊しました」と言われた。これは主観的な言葉で、後日の客観の目で見れば崩壊には至っていなかった。

しかし、ここで思うのだが、この場合どちらが正しいのだろう。建物が残ったのは事実だが、あまりの揺れに建物が崩壊したと石牟礼さんが思われたことも、心の領域においては事実なのだ。むしろ真実と言うべきか。

同じことは翌日訪ねた友人の言葉についても言える。

この人は熊本市内で書店にしてカフェという店を経営している。書店は規模は小さいが並んだ本の選択がよい。いわば出版文化のセレクト・ショップ。だから固定客が多くて、カフェと合わせてずっとサロンとして機能してきた。ぼくもここで小さな朗読会をしたことがある。

四月十四日午後九時過ぎの地震は体験したことのない強烈なものだった。店にいた彼女はなんとか逃れて猫を連れて家に帰って翌日を迎えた。この先のことを考えていたその日の深夜、更に大きな地震が起こった。この時は誰もが自分は今日こそ死ぬのだと思った、と言う。

その後は家から庭に出て限りなく続く余震に怯《おび》えながらただ待った。東の空が白んできて、夜明けと地震は無関係と知りながらも、生き延びたと思った。朝焼けはとても美しかった。

更に、なおも、延々と、余震は尾を引いた。店の再建など課題は山積み。その中で、ようやく再開した店にお客が次々に来る。自分だって被災しているのに手伝うという人もいるし、こういう時だから読むものが欲しいという人もいる。人間には、話の通じる相手と言葉を交わすだけで安心する時があるのだろう。

猫の話。

彼女はいつも猫を連れて車で出勤し、猫は店の中で昼間を過ごしていた。帰宅が遅れたその夜、地震で怯えた猫はどこか隅っこに潜り込んで呼んでも出てこない。家具が倒れて本が散乱する店内を探しまわって、最後に猫を見つけて腕に抱く。それだけにおそろしく長い時間がかかった。

ここにも主観と客観の二つの視点がある。猫は天変地異の激動に放り込まれて、ともかく身を隠せる場所、狭くて安全に思える場所に入るしかないと思った。飼い主が呼びかける声に応じて出てゆく余裕はなかった。弱い動物はみなアゴラフォービア（広場恐怖症）である。

この猫の心理と「建物が崩壊した」と思われた石牟礼さんの心理には共通するものがある、と言っても石牟礼さんも猫も怒るまい。

世界のありかたを人は数字で理解しようとする。それは間違いではない。今回の地震について言えば、震度六弱以上の地震が計七回あった。余震の総数は四千三百回という。

だが、人にとって体験とはいつだって主観的なものだ。熊本の人たちは被害を嘆きながらも、まだ他の場合よりはましだったと言う。津波はなかったし、夜だったので人的被害が少なくて済んだ。この辛《つら》さを大声で言ってはいけない、という遠慮の心理が働く。比較と客観化によって主観を抑える。

だが、未来に向かって役に立つのは、ひたすら恐《こわ》かったという主観の声の方だ。事象を伝えるために一度は客観化して数字にもするが、今や日本のどこでも起こりうる災害に対して、我々は怯えた猫の立場に立たなければならない。

（二〇一六年六月一日）

普天間基地の二十年

先日、『沖縄への短い帰還』という本を那覇の出版社（ボーダーインク）から出したのを機に沖縄に帰った。

ぼくはかつて十年に亘《わた》って沖縄に住んだが、それも今は昔、その後はいつ行っても短い帰還でしかない。

来るたびに前と変わらないところ、大きく変わったところ、それぞれが目に飛び込み心《チム》に迫る。

六年ぶりに辺野古に行った。

たまたま今は工事が中断されている時期で、海はまことに静かだった。

キャンプ・シュワブの前で普天間基地の移設に反対する人々に会った。人はある場所にいるだけで意思表示ができる。一日も欠かさずこの場所で二年という持続も強い意思の表現だ。

橋本首相とモンデール駐日大使の間で普天間基地の返還が合意されてから二十年になる。しかし、基地は危険を承知で運用が続いており、この先も返還の実現は遠い。

理由の第一は引っ越しのついでに大きな便利な基地をというアメリカ側の強欲。第二はこれに迎合する日本政府の卑屈な姿勢。揉《も》み手で「アメリカさまの仰《おっしゃ》ること」と言わんばかり。第三に代替地として名乗りをあげる自治体が本土（日本国から沖縄県を除いた一都一道二府四十二県）にないこと。

第三の理由について話そう。

普天間基地の周囲には小・中学校と高校、大学、合わせて十八校がある。普天間第二小学校・普天間第二幼稚園は校庭・園庭がフェンスで基地に接している。滑走路への進入コースから百三十メートルしか離れていない。着陸するパイロットの顔が見えるほど。

そこに日に平均八十回、民間機よりはるかに騒音が大きくて事故率も高い軍用機が離着陸する。最近ではその三分の二が危ないオスプレイ。

基地の主体は長さ二千七百メートルの滑走路である。これが東京にあるとしてみよう。青梅街道に沿って中野坂上から環七との交差点まで。基地周囲が市街地であるところは中野区・杉並区と変わらない。

中野区と杉並区のみなさん、日本中の市街地に住むみなさん、そういう事態を自分の生活に重ねてみて下さい。子供たちの目の前に重低音を発するオスプレイが飛び交うありさまを。そのたびの授業の中断を。

ぼくは同じことをこの欄で何度も言ってきた。

具体的に代替地を提案したこともある。七年前にこのコラムで鹿児島県の馬毛島《まげ》という離島のことを書いたが、もともとは一九九七年に「週刊朝日」に書いたことだった。無人島で、南北四・五キロ、滑走路が造れるほど大きく、平坦《へいたん》で、種子島からは十二キロと充分に遠い。ほぼ全島が私有地で買収は容易。嘉手納からも岩国や佐世保からも一時間の飛行距離。

今、ぼくは北海道の苫東《とまとう》は如何《いかが》かと言っている。苫小牧の東に位置するこの地域は工業団地を目指して一九七〇年代に開発が始まったが、バブルに乗り遅れて完全な空振りに終わった。結果は空白のままで千八百億円の赤字。今もってがらんとしている。太平洋に面していて近くに人家は少ない。

あるいは別海町の自衛隊矢臼別《やうすべつ》演習場もある。実はどちらもアメリカが提案したのを即座に日本政府がつぶしたらしい。

なにがなんでも基地は沖縄という姿勢が透けて見える。だいたい内地のメディアはこういうことを報道しない。執拗《しつよう》に調査報道を続ける琉球新報と沖縄タイムスについて、安倍政権に近い百田尚樹氏は「沖縄の二つの新聞社は絶対につぶさなあかん」と言った。報道の自由を強権で奪う。どこの国の話かと思うが、これはまさしくこの国のことだ。

日本国は沖縄県をあからさまに植民地と見なしている。どんな迷惑施設を押しつけてもかまわない二級の国土。

二十年間、普天間基地を巡る状況はちっとも変わらないと言いそうになるが、そうではない。緊迫の度はいよいよ高まっているのだ。

その思いを伝えるのが六月の県議会議員選の結果であり、アメリカ軍属による女性殺害に抗議するために六万五千人が集まった県民大会である。

大会で「安倍晋三さん、日本本土にお住まいのみなさん、今回の事件の第二の加害者はあなたたちです」、と二十一歳の玉城愛さんは訴えた。被害者は二十歳だった。他人ごとではないのだ。

この論法は矛盾していると自分でも思う。騒音や犯罪、事故の危険など基地の問題を訴えれば訴えるほど、そんな危ないものは御免《ごめん》だと本土の人は言う。では沖縄はどうすればいいのだ?

今もって沖縄の経済は基地の収益に支えられているという誤解がある。それならば結構、地代と一緒に基地を差し上げる。早々に引き取っていただきたい。

ぼくは本土に住むあなたを敢《あ》えて挑発しているのだ。

(二〇一六年七月六日)

難民問題を考える：上

シリアの内戦を描いた映画「シリア・モナムール」を見た。

兵士が少年を拷問する場面、街頭の一方的な戦いで次々に殺されて血を流す反体制派の市民たち。素人が手にしたカメラで撮られた、ぶれてぼけた映像の断片。その間に抽象的な暗い風景や水やガラス窓が挟み込まれる。

映像作家オサーマ・モハンメドが日々アップされるYouTubeやフェイスブックの画像を集めて編集し、自作の映像を加えてモンタージュした作品。シリアの現況を映画化する最良の、あるいは唯一の方法だと彼は苦悩の果てに考えた。

彼は追いつめられてパリへ亡命する。その後をシマヴという若い女性が引き継いだ。彼女は内戦下のシリアに留《とど》まり、自分のカメラで密《ひそ》かに危険に満ちた光景や市民生活を撮って、それをオサーマに送った。悲惨な場面もあり、崩壊した市街地には死しかないように見えるけれど、建物の蔭《かげ》に洗濯物が干してあったりする。彼女が開いた学校の子供たちは元気だ（唐突に殺される子供もいるのだが）。

パリに移ったオサーマの悔い、残ったシマヴの日々の恐怖、この二つの緊張感の間を破壊の光景と砲声が埋める。オサーマは送られてくる映像を見ながら、彼女の身を案じる。

シリアの現状を誠実に主観的に捉えようとする不屈の努力の成果。すごい映画だと思った。

映画を見ながら、ぼくはこの五月にベルリンで会った二人の若い難民のことを思い出していた。

シリアから逃れてきたイブラヒムとムハンマド。

五月一日、いわゆる「メーデー」の日だが、ドイツでは古代以来の祝日で、みなが奇抜な仮装をして町に繰り出し、歌って踊ってさわぐ愉快な日である。

ちょっと古いヘビメタを歌うグループの横に、難民たちの主張を掲げるテントがある。「ぼくらは平和が欲しい」とドイツ語と英語とトルコ語とクルド語で大きく書いてある。

左翼の若者たちのコーナーで久しぶりに「ワルシャワ労働歌」を聞いた。懐かしかっ

ドイツで出会ったイブラヒムさん（左）と、ムハンマドさん＝著者撮影

た。

芝生の上に置かれた木造のピクニック・テーブルを前に、ぼくはビールを、彼らはコークを手に、話を聞いた。

ドイツに来たのは一年ほど前。二人は従兄弟《いとこ》同士だが、脱出の経路は別々で、ムハンマドはレバノンからトルコに出て、ギリシャ、セルビアなどを経由してドイツに着いた。イブラヒムは少し早くサウジアラビアに出て、そこの病院で働いた。ビザが切れたのでなんとかトルコに渡り、やがてムハンマドに再会した。

苦難の多い旅路には、業者が介在する。自分の時は一人二千五百ユーロが相場だったとムハンマドは言う。移動はバスや船だが、徒歩のところもあった。

資金は伯父が貸してくれた。ヨーロッパに行き着いて稼げるようになったら分割で返すという、いわば出世払い。行く先々で違う業者に払う全額を身につけていると危ないので、着いた先へ送金してもらう。

そのためにも携帯電話は必須で、十人ほどでまとまって行動する間、少なくとも一人の電話は電池切れにならないようお互い気をつけた。

ヨーロッパに来るとボランティアで手を貸してくれる人たちがいた。その一方、各国の政府の対応はさまざまでひどい国もあった。

ムハンマドの英語はなかなか達者だ。この先はともかく勉強して安定した滞在資格を取得し、この国で暮らせるようになりたいと言う。実際、その前の日に会った元シリア人（クルド系）は、二十年前にドイツに密入国して国籍を取得、今は技術職で落ち着いて暮らしていると話してくれた。


なぜイブラヒムとムハンマドは国を出たのだろう。

今の日本で安楽に暮らして、アイドルやポケモンGOに熱中しているあなたは、自分がなんとしても国を出なければならない事態を想像できるか？

彼らの場合は単純明快だった。

徴兵されて兵士になり昨日までの友人を撃ち殺すか、あるいは反体制派に身を投じて戦い、兵士に拷問されて殺される危険を冒すか、未来にこの二つしか選択肢がない。

それが明白だから伯父は無理をしても脱出の費用を用意した。

国というものはまずもってそこに住む人々それぞれの生活を保障する枠組みである。それが壊れてしまって、政府が国民を大量に虐殺し、都市を破壊して廃墟にする。アサド政権のもとでシリアはもう国の体裁を成していないが、それでも国際政治の力学はこの国家体制をつぶさない。

ジャスミン革命は中近東の多くの国に波及し、たくさんの独裁者が倒れた。しかしその後に安定した政治体制が作られた国はほとんどない。

では、どこまでも腐敗する独裁政権と各派が乱れて戦う内戦状態と、どちらがましなのか。英語でなら、betterではなくless worseを問うべき事態。

しかもこのシリア的状況はＩＳこと「イスラム国」などを通じて世界中へ浸透している。乱世はすでに始まっている。

（二〇一六年七月二七日）

難民問題を考える：下

前回の続き。

ベルリンを出てギリシャに向かった。

かつてぼくが住んでいた国で、アテネには友人もいるが、今回はまずレスボス島を目指す。古代の女性詩人サッフォーの生地として知られ、「レスビアン」の語源ともなったこの島は、今はいちばん大きな町の名を取ってミティリニと呼ばれることが多い。

島はトルコの対岸にあり、その間は狭いところで九キロほど。シリアなどからの難民がヨーロッパに渡るルートの一つとして使われてきた。言わば最前線である。

ここをはじめとするギリシャの島々の人たちは難民支援の努力で広く世界的に有名になった。この二月、彼らにノーベル平和賞をという運動はネット上で六十万人の署名を集めた。

幅の狭い海峡とはいえ、非合法にゴムボートなどで渡るのには危険が伴う。正式の港が使えないから砂浜などに着くわけで、上陸の時に事故が起こりやすい。上がってからも難民キャンプまでの移動などには多くのボランティアの助けが要る。

島の道路を走っていると、海岸から数十メートル、標高にして十メートルほどのところの道ばたの柵にオレンジ色の救命具が引っかけてあった。ここまで来ればもう安全、と思って脱いで捨てたことが一目でわかる。

島の知人の話では、彼らは市街地以外の至るところの浜から上陸したという。

実際に渡ってきた人たちの話を聞きたいと思ったのだが、これがなかなか難しかった。まずはカラ・テペというところのキャンプに行ってみたが、中には入れてもらえない。

もう一か所、モリアにもキャンプがあったけれど、これは数日前のトラブルで閉鎖になってしまっていた。若い連中の喧嘩《けんか》があって、それを鎮めるのに管理する側が催涙弾まで使ったので騒ぎが大きくなり、収容された人々は本土の別のキャンプに分散して移されたという。

この島に着いた人たちはたいてい船でアテネの隣のピレウスの港に行って、そこからバスでセルビアなどの国境に運ばれ、更に国から国を渡ってドイツなどを目指す。

町の反対側のゲラス湾に面したあるホテルがそのまま難民収容施設になっていると教えられた。三人の子供と一緒にいるアズマという母親が体験を話してくれるという。しかし行ってみると、情報と異なって彼女は英語を話さない。ぼくはギリシャ語ならばともかくアラビア語はできない。通訳してくれる人もいない。どこかで行き違ってしまった。

そこで、この施設でボランティアとして難民の世話をしているクロエという女性から話を聞くことにした。

カリタスというカトリック系のボランティア団体がこのホテルを借り上げ、母と子だけとか父と子だけの家族、障害者、老人など二百五十人に住む場所を提供している。出身地はシリアばかりでなく、パレスチナやイラン、イラクなど広い範囲に及ぶ。

辛《つら》いのはカラ・テペのキャンプなどからここに移れる人の数に制限があること。それでも、ここに着いた時、バスから降りた子供たちが遊具の揃《そろ》った庭に歓声をあげてまっしぐらに走って行く姿に救われる、とクロエは言う。

この話を聞いてぼくは二〇〇二年にバグダッドの素朴な遊園地で嬉《うれ》しそうに遊ぶ子供たちを思い出した。あそこは今はどうなっているのだろう。

ぼくとクロエが話しているまわりを子供たちが走り回る。その家族がゆったりと坐《すわ》ってお喋《しゃべ》りをしている。今は安心、今は大丈夫。

しかし彼らにとってここは経由地でしかない。いずれは次の土地へ移り、また移り、安定した暮らしになるのは何時《いつ》で、それは何処《どこ》なのか。

難民収容施設には難民の子供たちの笑顔があった
＝著者撮影

ギリシャ人であるクロエは、経済問題などで何かと低く見られるこの国に、難民に手を貸そうとする人が多いことを誇りに思うと言った。

実際、国として困窮の度は相当なものだ。アテネのぼくがかつて住んでいた地域など、路面は荒れ、ゴミは散り、行政サービスの低下が一目でわかる。だからこそ、この彼女の誇りは大事なのだ。それは経済とは別に人間には隣人愛というものがまだあることを証明しているから。

ギリシャから帰ってから今までの間に、世界ではたくさんのことが起こった。どの国も難民に対して頑《かたく》なになり、イギリスはＥＵ離脱を決め、ニースではテロがあり、ミュンヘンで若い人たちが殺された。日本では選民思想に基づく大量殺人があった。

そういう時代なのだ。我々は排除と独占と抗争の世界の入り口で戸惑っている。多種多様な人が混じり合って平和に暮らすには叡智《えいち》が要るが、その叡智がみるみる減ってゆく。中世に戻るのは避けがたいことなのか。

（二〇一六年八月三日）

場所とモノの出会い

谷崎潤一郎に「蘆刈《あしかり》」という中篇がある。

作家自身とおぼしい人物が散歩を思い立ち、水無瀬宮の跡地を訪れる。「見わたせば山もとかすむ水無瀬川　夕べは秋となに思ひけむ」という後鳥羽院の歌のゆかりの地。

そこから彼は目の前の淀川の中州に渡って月見をするうちに一人の男に出会って不思議な昔話を聞く。まるで夢幻能のような体裁の造りの話だ。

谷崎の縁で芦屋に行って講演をして東京に戻る時、たまたま地図を見ていて新幹線の線路がこの中州のすぐ近くを走っていることに気づいた。ひょっとして車窓から見えはしないか？

「のぞみ」は速いから出会いは一瞬だろう。沿線には工場や住宅が櫛比《しっぴ》していて川はなかなか見えない。一計を案じてスマホのマップに頼ることにした。これだと自分の位置が表示される。川と線路の距離が近づき、間の障害物がなくなり、木々の繁《しげ》った中州が見えた！　あそこが話の舞台か。

乗り換えて東海道線の山崎駅か阪急の大山崎駅で降りて徒歩で行けば感慨ももっと深かっただろうが、そこまではしない。今は一九三二年（昭和七年）ではないし、中州に渡って更に対岸の橋本に渡る渡船はもうない。

新幹線からとは言え、これは文学散歩である。谷崎らしき語り手が、月の光の中で、お遊さんという臈長《ろうた》けた美女の話を聞いたのはあの場所と信じることができる。

ある場所とあるモノの出会い。これは原理から言って、ポケモンGOと同じだろうか、と唐突に思った。

ポケゴーは特定の場と関連づけられている。スマホをかざして歩いて行けば、そこにポケモンがいる。キャッチして、ゲットして、達成感が得られる。引きこもりのゲームおたくを屋外に連れ出す優れたアプリ。孵化《ふか》を促すために何キロか歩くという仕掛けもあるし、レアものを集めるコレクション趣味も満足できる。

でもなあ、なんか違うんだよ。

狩猟採集は何十万年も前からヒトの生きかたの基本だった。いや、すべての動物は動くことで栄養分を得て生きている。世界＝獲物との出会いが生きるということだ。もちろん食うことには食われることも含まれるけれど。

しかしポケゴーでは捕らえるべきアイテムはゲーム制作者がそこに置いただけで、その場との間には何の関係もない。地形や風向き、植生、時間などからアイテムの出現を予想することはできない。つまり自然から遊離した、まったくの人工空間での遊び。

遊びだからそれでもいいのだろうが、登山や昆虫採集や高山植物の観察と比べるとどこか寂しい。繁華街で道行く人々のファッションを見る方がまだしもトポス感がある（人間的に意味づけられた場所をトポスという）。人間が自然に背を向けたというより、ヒトが自然から疎外されたという印象。

地図というものの意味が変わってしまったと思う。

かつて地図は未知の世界の絵図だった。人は地図の上でまず自分の位置を確認し、風景と地図を見比べ、得られた情報によって正しい方向へ歩み出した。国土地理院の地図はそういう風に用いられた。

今の「マップ」ではまず目的地を登録する。あとは指示に従って進むのみで、途中に何があるかは問題にならない。その典型がカーナビ。この世界に未知という概念はない。好奇心に駆《か》られて立ち止まるということがない。

インターネットの書店によく似ていると思う。欲しい本のタイトルがわかれば本は手に入る。陳列台の間をうろうろして何となく目に訴える本を手に取るという無駄な過程がない。便利で速いけれど、世界の境界を広げてはくれない。

現実の世界の上に仮想の世界図がオーバーレイされている。もう現実などという言葉の意味も失われてしまったのか。「仮想現実　virtual reality」ときみは気楽に言うけれど、そもそも「仮想」が「現実」のはずがないじゃないか。

しかし、その一方で反省もするのだ。はるか昔、狩猟や採集のランドマークとなるところに地名を付した時から、あるいは親族の一人一人に命名した時から、我々は仮想に生きる道を選んだ。言葉は仮想だ。

閉鎖系の情報の環《わ》の中をぐるぐる回るばかり。牛の反芻《はんすう》や兎《うさぎ》の糞食《ふんしょく》に似ているが、しかし牛や兎はまずは自然界から栄養素を得て、それを丁寧に消化している。自然からこんなに隔離されてしまって、この自家中毒にヒトはどこまで耐えられるのだろう？

宇治川、木津川、桂川が合流するところの中州には草が生い茂っていた。あれは本物、あれは信用できると思ったが、そう思う自分も仮想なのだろうか。

（二〇一六年九月七日）

アボリジニの芸術

明治のはじめ、西欧語に対応する日本語が多く作られた。「科学」も「哲学」も「思想」もその時に生まれた。先人たちの苦労が日々役だっている。

しかし、ちょっと惜しかったと思うものもいくつかある。例えば、「権利」の本来の意味は「正しい」ということだ。正しいから要求できる。そこに利の字を使ったために、この概念はどこか物欲しげになってしまった。「権理」であったら、理は「ことわり」だから、もっと堂々と要求できたのに。

「文明」では最も大事な「都市」のイメージが伝わらない。人間は農耕を始めて余剰な食糧を得、農業から解放された人々が集まって都市を作った。人間とモノの高密度が知的な進歩を促した。今の都市は縦方向にも伸びて、農村よりも何桁《けた》も大きい人口密度を実現しているし、それを我々は通勤電車で体感している。

古代以来さまざまな都市が栄えたが、どこもいずれは消滅した。問題はエネルギーで、薪を使っていれば周囲の森を使い尽くしたところで都市の寿命は終わる。現代人がなおも原発に頼るか太陽光や風力に移行するか、悩んでいるのも、これが我らの子孫たちの命運を左右するからだ。

数万年前から文明に依《よ》らずに生きてきた人たちがいる。オーストラリアのアボリジニ（先住民）。

彼らは遠い昔にあの大陸に渡り、その後は地殻変動で他の地域から隔離されたまま、延々と世代を重ねてきた。

雨が少ない土地なので農耕はむずかしい。狩猟採集で生きることになるけれども、密度が薄いので移動を続けなければ充分な食糧が得られない。オーストラリアには馬やラクダやリャマのような駄獣がいなかったので、人は持てるだけのものを持って旅を続けた。都市とも文明とも無縁な歴史。

その代わりにかどうか、彼らはとても精緻《せいち》で壮大な神話体系を作り上げた。世界解釈としての神話である。世界は遠い過去に創造されたのではなく、人間の動きと共に今も創造されつつあり、それは未来へも続く。

大事なのは人間と土地との絆だ。すべての土地に固有の神話があって、人間はいわばそれを鋤《す》き返しながら旅をする。そのルートは歌で記憶されるからソングラインと呼ばれる。

更に彼らは絵画に長《た》けていた。今も多くの岩壁画が残っていて、その規模と完成度と創造性は目を見張るほど。文明がなくとも芸術は生まれる。芸術は人間そのものに属しているから。

何万年にも亘《わた》る彼らの生活を壊したのはイギリス人だった。「文明」を持ち込み、アボリジニを蔑視し、定住を強い、子どもたちを親から隔離した。彼らを二級の国民の身分に押し込めた。

事態が変わったのは、一九六七年に市民権が認められてからだ。二〇〇八年にはケヴィン・ラッド首相は彼らに公式に謝罪した。この間に彼らの人口は三十万から七十万まで増えた。教育水準も高まり、例えば医師になる者も増えて、人口比ではオーストラリアの平均を凌《しの》ぐという。

彼らの地位回復を支えたものの一つに絵の才能がある。優れた画家が輩出し、世界中の美術愛好家の注目を集めた。伝統的な様式とアクリル絵具の出会いが見事な花を咲かせた。

一九〇六年、ある男が北の牧場地から南の食肉市場まで一本の道を造ろうと思い立った。鉱山労働者の食糧として牛を追って運ぶ千八百五十キロの道で、この男の名をとって「キャニング牛追いルート」と呼ばれた。

この道は途中、多くのアボリジニの聖地を縦断するもので、さまざまな軋轢《あつれき》を生み、弾圧を生んだ。

ほぼ百年たって、この歴史をアート活動で再現しようと、「ワンロード」という企画が実行された。アボリジニのアーティストが参加して、みんなで絵を描きながらこのルートを辿《たど》って旅をする。絵はそのまま父祖の記憶であり、神話である。

この時に制作された作品百二十七点のうちの三十四点が日本にもたらされて展覧会が開かれている。

ものすごく抽象的で、その一方で歴史という事実の裏付けのある具体的な、つまり人間の思考の全領域をそのまま表現するような絵。イメージと説明の文章を合わせて鑑賞する――「とてもたくさんのジルジ（砂の丘）が、私たちのカントリーにある。登っては降り、登っては降りなくてはならない。白人たちはそれにうんざりしている！」という文はそのまま詩である。

「ワンロード　現代アボリジニ・アートの世界」展は千葉県の市原湖畔美術館で開か

れている（来年の一月九日まで）。その後は来年の四月七日から釧路市立美術館で開かれる。

（二〇一六年一〇月五日）

＊編集部注　「アボリジニ」はかつて一般的な呼称でしたが、近年は差別的な語感があるとして地元メディアではほとんど使われておらず、国際的にもその表現を避けるべきという認識が広まっています。

このコラムは新聞、書籍化時のものなので、そのまま掲載いたします。

内地から見る沖縄問題

（以下に書いたことは十月三十一日の琉球新報に載せたコラムとほぼ同じ内容である。なぜ沖縄の地方紙と朝日新聞に同じことを書くか、お読みいただければわかると思う。）

沖縄を離れて十三年になるが、あの島々を忘れてはいない。機会を得れば行くことにしている。先日も恩納村《おんなそん》の図書館から講演に呼ばれた。

その前の日、急に思い立って東村《ひがしそん》の高江を見に行くことにした。政府が米軍の意向を汲《く》んでオスプレイなどの離着陸場（ヘリパッドと呼ばれる）を新設している現場。

そのやりかたが強引すぎるとぼくは思っていた。そもそも、ヘリコプターではなく垂直離着陸機であるオスプレイの基地をヘリパッドと呼ぶのは意図的な誤訳である。

新川ダムの先にある反対派のテントを訪れ、リーダーの山城博治《ひろじ》さんに挨拶《あいさつ》し、集まったみなさんを労《ねぎら》った。翌日の土曜日には、反対派の人々二百人以上が現地に集結したと聞いた。

数日後、ぼくは小豆島にいたのだが、大阪府警に所属する機動隊員が反対派に向かって「土人」、「シナ人」という言葉を使った、という報《しら》せが入った。

これらは誰かを侮蔑するために予《あらかじ》め用意された言葉だ。未開の地の、文化的に劣る民が「土人」であり、日本人より劣る民族が「シナ人」。シナはChinaと同源だが、しかしかつて日本人は蔑視の文脈でこの言葉を使った。だから今も中国の人はこの語を嫌う。使えば挑発になる。

なぜ沖縄人が土人と呼ばれたのか?

東京の政府や警察庁にあるのは、遠い植民地の叛乱《はんらん》という構図なのだ。八世紀の末、陸奥《みちのく》に新しい砦《とりで》を造ろうとしたら、蝦夷《えみし》が集まって騒ぐ。鎮圧のために中央から五百名の軍勢を送る。それと同じ。

そう教えられてきたから公務執行中の大阪の機動隊員は「土人」といった。「シナ人」という言葉も使った。そして松井一郎大阪府知事は「よくぞ言った」とばかりこれを追認した。

高江のヘリパッド建設に反対する理由を整理してみよう。

1　沖縄はすでに過剰な数の軍事基地を負わされている。県民にすれば、もうこれ以上は一メートル四方でも基地を増やしたくない。今回の新設は北部訓練場の返還と引き替えと言うけれど、返ってくるのはもともと米軍が使っていなかった土地。朝三暮四そのままの欺瞞《ぎまん》である。

2　外交と軍事は国の専管事項と国は言う。それならば生活は国民の専管事項である。平穏に暮らす沖縄県民の日々を乱す権限は国にはない。日本国憲法第二十五条、「すべて国民は、健康で文化的な最低限度の生活を営む権利を有する」がこれを保障している。軍用機の騒音と事故の危険は明らかにこれに違反する。

3　生態系への影響が大きい。やんばるの自然林の木を二万四千本伐《き》って四ヘクタールの空き地を作る。やんばるの自然はまだまだ未知であり、ヤンバルクイナやノグチゲラのような新種がいないとは言えない。

これは沖縄県民がよく知っていることである。問題は内地の人たちの無知と無理解。

「土人」発言はさすがに暴言として内地でも話題になった。多くの新聞が記事にしたし、テレビのワイドショーで取り上げるところもあった。おかげさまで大阪府知事の正直な発言が話を大きくしてくれた。

しかし、そこまでなのだ。後は下品な週刊誌が尻馬に乗って反対する人々を更に罵《ののし》ったくらい。

朝日新聞は普段から沖縄の事情に理解を示す新聞であって、この件については二十日の朝刊の社会面で六十行ほどの記事を載せた。翌日、「差別構造が生んだ暴言」という社説を掲げた。

そして、そこまで。

なぜ沖縄の人たちがこの高江の基地新設にかくも反対するか？　なぜ沖縄のメディアが辺野古と並べて高江を報じるか？　それを丁寧に解説する紙面はない。速報と、社説の総論のみ。

この一件には（内地から言うところの）沖縄問題が集約されている。厄介なものは沖縄に持っていけばなんとでもなる。あそこは戦後七十一年間ずっと抑圧されてきたから抑圧慣れしている。騒ぐのは一部の活動家ばかり、内地の機動隊で押さえ込める。予算の分配を少し増やしてやれば県民もおとなしくなる。送電線さえ延ばせれば、原発もみんな沖縄に集約できるのに。

そう気づいたところで、また別の構図が見えてきた。泊《とまり》も東通《ひがしどおり》も柏崎刈羽《かしわざきかりわ》も敦賀《つるが》も美浜《みはま》も大飯《おおい》も伊方《いかた》も玄海《げんかい》も川内《せんだい》も、実は高江である。米軍基地と原発はよく似ている。どちらもなくても済むもの、ない方がいいものなのだ。

平等という原理は自由や友愛と並んで近代国家の基本理念である。機動隊の「土人」発言は国としてみっともない、とあなたは思わないか。

（二〇一六年一一月二日）

ルポルタージュ

スヴェトラーナ・アレクシエーヴィチさんが来日した。

東大での講演を聞いて、不屈という言葉を思った。彼女はバナールな、陳腐な戦争の像を壊さなければならないと言う。狭量なナショナリズムはいつも紋切り型に支えられているから。

先日邦訳が出た『セカンドハンドの時代』(岩波書店)は六百ページの大著である。ソ連という国がなくなって、ソ連という時代が終わった後の混乱の時期を生きた人々へのインタビューの集積。著者自身の言葉はあいづち程度、ごく少ない。

タイトルは、自分たちは使い古し《セカンドハンド》の時代を生きている、という旧ソ連人の感慨に由来するのだろう。社会主義が終わった後で、西側がずっとやってきた資本主義を遅れて試す日々。理想に燃えて貧困に耐えていたのに、その価値観が無に帰した後の日々。

インタビューはむずかしい。

まずは信頼関係を作って口を開いてもらわなければならない。真実は相手が語る言葉の中にある。損なわないようそっと受け取って文字にする。貴金属の精錬のような仕事だと思う。

それで得られたのが一冊の本の素材なのだろうか？　構成の過程で自分の偏見は混じらないか？

いや、大事なのは偏見が混じらないことではなく、その非難に耐えるまで硬質に作ることだ。自分の姿勢に自信を持って、力の限り誠実にまとめる。他ならぬこの自分の仕事であるという軸を貫く。アレクシエーヴィチさんの話を聞いて不屈という印象を持ったのはここのところだ。

辛《つら》い話、苦しい話が多い。人が合理で生きるならば社会主義は成功して、幸福な国が実現するはずだった。

だが、人の心は合理ではないのだ。だからソ連という国は壮大で愚劣で残酷な実験に終わった。彼らはぼくたちがよく知っている資本主義の悲惨に遅れて参加した。遅れた分だけ「中古《セカンドハンド》」。

ぼくは理念としての社会主義を信じていたから、ソ連の理想に殉じた人々の気持ちがわかる。いらだちと無念がよくわかる。理念としてならば、イデオロギーでなければ、今も社会主義を信じていると公言しよう。ぼくが彼女をアレクシエーヴィチさんと親しく呼ぶにはわけがある。旧知の仲なのだ。

二〇〇五年、ぼくと彼女は、他の十人と共に、「ユリシーズ賞」という国際ルポルタージュ文学賞の選考委員を務めた。主催は「レットル・アンテルナショナル」という多言語の文芸雑誌で、選考委員は世界各地から参集し、選考会はベルリンとパリで二度に亘《わた》って開かれた。

選考委員はそれぞれに候補作を持ち寄る。アレクシエーヴィチさんが提示したのは、アンナ・ポリトコフスカヤの『チェチェン――ロシアの恥辱』。チェチェンでロシアがしている暴虐の実態を報じる苛烈《かれつ》なルポルタージュ（彼女は後に殺された）。

全候補作十数点を英訳で読むという手間のかかる議論を経て、これが最優秀作に選ばれた。ぼくも熱心に推した一人だったので、受賞は嬉《うれ》しかった。

ベルリンでの授賞式で基調講演をしたのはポーランド出身のリシャルト・カプシチンスキ。ルポルタージュ文学はヘロドトスの『歴史』に始まるという内容の、堂々たる論だった。

さて、ここで問題はルポルタージュ文学というヨーロッパ系の言葉。似たような用語にノンフィクションというのがあるが、違うのだ。こちらはアメリカ人が言い出した。ジャーナリズムが新聞のコラムや雑誌の記事のサイズだとすれば、ノンフィクションは書物のサイズということ。

それがフィクションでないという否定形で定義されている。ここでフィクションに対峙《たいじ》するのはファクトという言葉であって、トゥルースではない。事実であっても真実ではない。

真実を告げるにはどうしても微量のフィクションが要るのではないか。だからルポルタージュ文学では、著者の責任において一歩だけ文学に近寄る。『セカンドハンドの時代』ならば、この本にあるすべての言葉はアレクシエーヴィチの目の前で誰かが語った言葉である。しかし彼女はその誰かを選び、インタビューの場を設定し、録音を文字にして、この配列で本に仕立てた。

ルポルタージュ文学にノーベル文学賞を、という声は以前からあった。カプシチンスキはこの分野のカリスマだったから何度か候補になったけれど、賞を得る前に亡くなった。去年のアレクシエーヴィチの受賞にはそういう意味もある。

辛い話の多い『セカンドハンドの時代』にふっと明るい場面がある――「アブハジアの習わしでは、食卓をかこんで客人と過ごした時間は、寿命に加算されないことになっているんです」って、いいではないか。

アブハジアは旧ソ連圏の小国。作家イスカンデルの出身地である。

（二〇一六年一二月七日）

ガラスの天井

先日、奇妙なことに気づいた。

日本の小説では主人公の男性はもっぱら姓で呼ばれ、女性の方は名で呼ばれる。習慣的にそうなっている。

具体例を挙げよう。平野啓一郎の近作『マチネの終わりに』(毎日新聞出版)はまこと優れた恋愛小説であるが、その点は今は論じない。主人公は蒔野聡史と小峰洋子。作中における扱いは平等で、作者は容赦なく二人の心の奥まで入り込む。

しかし読者は最初のページの最初の行に書いてある二人の姓名のうち、蒔野の名をすぐに忘れ、洋子の姓を忘れる。社会的に活躍しているのは二人とも変わらない。だが、ほとんどの場合、「蒔野は、パリでの洋子との再会が……」という形の記述。

普通の小説ではこれが普通なのだ。作家たちは誰も何の疑いもなくこの方式を採っている。無意識の差別ではなく、過去の遺物なのだろう。

（かつて日本では女の名が優先された、というのは丸谷才一の説。「お軽・勘平」とか「小春・治兵衛」、「お初・徳兵衛」であって、「ロミオとジュリエット」とはしない。いずれも名であって姓ではないのだが。）

女が名で呼ばれるのは、社会に出て姓で呼ばれる場面が少なかったからだ。子供や使用人と同じ扱い。

現代ではどうか？　男性である上司が部下の女性を名で呼んでもなれなれしいと思われるくらいだが（軽いセクハラ？）、逆ならば部下は自分が女性の下にいることを強く意識する。

先日、フィンランドの外交官の半分が女性であるという話を聞いた。日本の場合は外交官の中で女性はわずか五・三％。お隣を見れば韓国では外交官試験合格者の七割強が女性であるという。

人も知るごとく、日本での女性の社会進出率は極端に低い。先進国中最低はおろか、百四十四か国の中で一一一位というまこと情けない位置。二〇一二年には百三十五か国中一〇一位だったから、更に下落したのだ。ちなみにフィンランドはこのリストで二位である。

女は家で子供を育てていればいい、という考えが今もって国会と政界と財界の中心に腰を据えている。いわゆるガラスの天井がとてもとても低いところにある。社会が育児を支援しなくてどうして出生率が上がるだろう。この事態を明快に訴えたのが去年の「保育園落ちた日本死ね」というブログの言葉だった。「どうすんだよ私活躍出来ねーじゃねーか」は政策の欺瞞《ぎまん》を正面から突いた。

実際、このままで行けば日本は死ぬ。正月から敢《あ》えて縁起でもないことを言うが、出生率が上がらず、国民の半分の才能・能力を捨てて、既得権益にしがみつく男どもの言いなりになっていたら、日本は死ぬ。男女格差、今は世界で一一一位、最下位まで三三位分しかない。「どうすんだよ」。

社会制度はどうしてもその時に優位にある者に有利なようになる。一つの理念に沿って改革するとすれば積極的な働きかけが要る。札幌大学は七年前から「ウレシパ」というアイヌに対する受験の別枠を設けて立派な成果を出している。同じことを選挙で実施するとなると男女を別枠にするか。そこまでしなくては日本は救えない。

ここ数年、『日本文学全集』というものを作ってきた。その途中で不思議に思ったのは、奈良時代から平安時代まであんなにたくさんいた女性の歌人や作家がある時期から急に姿を消したことだ。『万葉集』から『源氏物語』や『枕草子』へ、女性は大いに活躍した。紀貫之などそれにあやかりたくて『土左日記』を女性になって書いたほど。

『平家物語』の作者はおそらく男性だが、しかしこの哀切を極める物語で女性が主役という場面は多い。最後は後白河法皇を迎えてしばらく後、建礼門院の成仏で終わるのだ。

盛期を終えた後、明治になって樋口一葉が現れるまでの間、日本文学史に女性の名はまこと少ない。

古代の日本は母系で、やがて父系に変わったと高群逸枝は主張した（平塚らいてうの「元始、女性は太陽であった」に導かれてのことか）。分水嶺《ぶんすいれい》は応仁の乱だった。支那学の内藤湖南は、「応仁の乱の前の日本はまるで外国のようだ」と言っている。

すっかり変わってしまったのだ。

戦争が終わって、憲法が新しくなって、女性の地位は本来の位置に戻るかと思われたが、背を伸ばして立てば頭をぶつける低いところに今もガラスの天井がある。女たちは今もって腰をかがめることを強制されている。

ぼくが知るかぎり唯一の例外は文学だ。芥川賞を例に取ると、ここ五年の受賞者は男性が六名、女性が七名。現在の選考委員の性比は女性四人、男性六人。ぼくが選考委員になった二十二年前には男が十人に対して女性は二人だった。
文学はこの方面で社会を牽引《けんいん》し、古代に回帰させている。

（二〇一七年一月四日）

漢字の来し方行く末

先日、自分が書いている小説の中で、ある男が中国人であることを伝えなければならなくなった。主人公との出会いは一瞬で会話はない。服装や容貌《ようぼう》をしっかり見る暇もない。

その場に男が書いたメモが落ちていたことにした。「职员驻车场」と書いてある。「職員駐車場」の意だが、五字とも中国のいわゆる簡体字。

アルファベットは世界の広い範囲で使われているが、簡体字の漢字を使うのは中国とシンガポールなどに限られる。

昨今、日本でもテレビの旅行番組などでこの文字を見かけることは少なくないけれど、我々は使わない。

文字というものの発明に改めて感心する。声に乗って空中を漂ってすぐに消えるものだった言葉が、粘土や木片や石や紙の上に定着できるようになった。そこで記憶が記録に変わった。

はじまりは帳簿だったか呪術だったか。公的な用途ばかりで私的な使用が始まるのはずっと後のことだ。


文字には表音と表意がある。

人体が声帯と咽喉《いんこう》と口腔《こうこう》で作れる音にはかぎりがあるから、表音文字の数はさほど多くはならない。七、八十もあればまず充分。

しかし意想の方は無限に多い。だから表意文字はいくらでも増え、どんどん複雑になった。表意文字は文字であると同時にそのまま単語なのだ。

世界ぜんたいを見て、繁栄した表意文字は漢字だけらしい。中国に生まれた漢字は日本や朝鮮や越南（ベトナム）に伝わり、異なる言語を記述するのに使われた。マヤの文字はマヤ文明と共に消えてしまった。

文字としては煩雑なので筆などで急いで書く時は細部を略す。しかし公式の文書では一画ずつを丁寧に美しく書く。そこから崩すのは自由だが、基本は楷書。

その状態が何千年も続いたのに、二十世紀に入ってなぜ漢字の簡略化が図られたのだろう？　知識の大衆化？

日本は仮名という表音文字も併用してきたから、漢字の数を制限することができたが、中国には漢字しかない。そこで彼らは文字そのものを変えることにした。「廣」という字は複雑すぎるから「广」にしてしまおう。十五画がわずか三画になるが、見た目はすかすか。日本では「広」で、台湾の繁体字は「廣」と昔のまま。

中国でどんな論議があったかぼくは知らない。政治的なメッセージを書いた大字報（壁新聞）が書きやすいというのが理由だったとも思えない（日本でも学生運動の立て看板には「斗争《とうそう》」のような文字が躍っていた）。

私用の略字を公用の文字に反映させて文字体系を変えてしまってよかったのか。伝統との断絶ということは考えなかったのか。植字工の作業において、「廣」でも「广」でも活字一本を拾う労力に差はないのだが。

簡体字が普及した後でコンピュータが登場した。活字の場合と同じでここでも廣と广の間に手間の差はない。もう我々は文字を書くのではなく打ち込む、ないし入力するのだ。

漢字改革は日本でも行われた。

戦争に負け、何もわかっていない占領軍の連中が漢字こそが日本の後進性の理由だと誤解したとしても、そんなものは突っぱねればよかった。

これが中国の場合ほど徹底しなかったのは、中途半端を好む日本人の性格のおかげかもしれない。

吉行淳之介さんがどこかで、戻るという字は中が犬だから実感があったのに、それが大になってしまってつまらない、と言っていた。手で「戻る」と書いて、犬を書くところで勝手に遊びに行った犬が戻ってくるという情景を人々は一瞬だけ想像した。そもそも、戻と、一画だけ節約してどんな利があるというのだろう。なんともみみっちい話だ。

文字を統括するのは度量衡や法律などと同じく権力者の権能である。だから近代の漢字の基準は清朝の最盛期に康熙《こうき》帝の指示で作られた康熙字典だった。

文字を改めるのはリスクが多い。朝鮮のハングルはまこと優れた表音文字だが、それだけを用いるか漢字も併用するかで今も議論が続いている。ベトナムは漢字を捨ててアルファベットにしてしまった。ホーチミン名が元は胡志明であったことを知る人は少ない。

ひらがなとカタカナと漢字を使う日本語の表記法は複雑で、習得には手間がかかるが、しかし利点も多い。意味を漢字で表し、発音をふりがなにすると方言などがうまく伝わる。その他さまざまな利用法を駆使して我々はずいぶん豊かな言語生活を送っている。

歴史はもとに戻せない。コンピュータの出現は予想できなかったとしても、中国は拙速に走って何かを失った気がする。同じことは我が国の仮名遣いについても言えるのだが。

（二〇一七年二月一日）

トランプ大統領と「事実」

トランプ大統領については言うべきことが多すぎる。誰でも何か言いたくなるし、言えることはいくらでもある。だが何を言っても本人には届かない。馬の耳になんまんだぶ。

かつてロナルド・レーガンはテフロン大統領と呼ばれた。焦げ付かない。失敗はすべてするりと拭《ぬぐ》い取れる。一方、トランプはフライパンで相手を殴るタイプらしい。トランプは初めはあまりにロシア寄りで、TrumPutin（トランプーチン）大統領と呼ぶべきかと思ったが、さすがに少し距離を置くようになったようだ。

我々にはTrumpabe（トランペイブ、トランプ＝安倍）の方が深刻な問題だ。このaを大文字にする必要もないほどの滑らかな接合ぶり。プードルの尻尾のように振り回されて、みっともないったらありゃしない。

しかし何を言おうとドナルド・トランプは現実に大統領である。この人物の手の中に核戦争を始める権限がある。彼はコスト計算でそちらを選びかねない。安上がりの戦争を選ぶのがdeal（取引）ということだろうか。大統領になっても政治家にはなっていない。未《いま》だ実業家のまま。

政治家には良くも悪くも理念があるが、実業家には利潤しかない。しかも金融資本のせいで実業家は虚業家になり、その王様がトランプだ。政治と虚業では行動の原理が違う、と要約してしまっていいものかどうか。

虚業だから就任式に参加した人の数が「史上最大に見えた」とぬけぬけと言う。オリンピック・パラリンピックの誘致に際して安倍首相が「（福島の）状況はアンダー・コントロール」と言ったのと同じ種類の「オルタナティブ・ファクト」、すなわち、万民周知の事実とは異なる事実。

事実がいくつもあるのはおかしいだろう。それでは裁判は成立しない。アリバイという言葉が意味を失う。

人が議論をする時は、共有できる事実を前提として互いに認め、そこから始めて双方の考えの違いを一つずつ突き合わせてゆく。その前提を崩してしまっては議論にならない。

この状態がpost truth（ポスト・トゥルース）である。「真偽の彼岸」とでも訳そうか。真実や事実が意味を失った世界。

なぜこんなことになってしまったのだろう？　理由の一つは、発信コストの極端な低下にあるとぼくは思う。

ある人があることを思う。あるいは考える。以前ならばそれを身近な人に言った。顔を見て話したか、手紙に書いたか、電話で言ったか、いずれにしてもそこまでだった。到達範囲はごく限られていた。更に先へ届けるにはそれなりのコストがかかった。言い換えれば、遠くに届けるだけの価値があるか否かが査定された。また活字や電波に乗る前に、前提が事実であることの確認作業があった。

半世紀近い昔、ぼくは「リーダーズ・ダイジェスト」というアメリカの雑誌の翻訳で生計を立てていた。たくさんの本や雑誌の記事を選んで要約して読者に届ける簡便な教養誌。この雑誌の編集部に「ファクト・チェック」という部門があると知って感心した。

今にして思えばあれは訴訟社会であるアメリカならではのメディアの自衛手段だったのだろう。今の日本では校閲と法務（ないし顧問弁護士）のセクションが同じ役割を果たしている。

発信コストが低下して、誰もがごく安易に思ったこと・考えたことを世に送り出せるようになった。そこには校閲やファクト・チェックはないし、もちろん顧問弁護士もいない。

素人の言葉が洪水となって報道マーケットを水浸しにする。受け手の方は、それが事実であるか否かを問うことなく、好みのものだけを選択して受け取る。アプリケーションがこの傾向を増幅し、他の意見に接する道を閉ざす。

だからなんでもあり、言いたい放題。つまり言ってしまえば勝ちなのだ。メディアは後を追ってチェックをするが、その時には嘘《うそ》つきは先の方で別の嘘をついている。言論は流動化し液状化する。ずぶずぶとどこまでも沈む。誰もが言うばかりで聞こうとはしない。

ドナルド・トランプは実業家としてこういう社会の雰囲気をよく知っていて、それを大統領選に応用した。資本主義の勝利者を貧民が賛美する、というグロテスクな構図が現実のものになった。外野のぼくたちがトランペイブなどといくら揶揄《やゆ》しても、それは正《まさ》に蟷螂《とうろう》の斧《おの》でしかない。

「福島はアンダー・コントロール」という真っ赤な嘘の向こうに崩壊した東芝の社屋

や工場が見える。原発のコストもまた国家認定のオルタナティブ・ファクトだった。結局はとんでもなく高いものについた。

（二〇一七年三月一日）

イラク戦争から十四年

「イスラム国」(IS)の拠点だったモスルが七月までには政府軍によって解放されるらしい。抵抗する勢力は今は五百名ほどまで減ったという。

と書くぼくは「イスラム国」の壊滅を望んでいる。彼らはあまりに暴力的に信仰を政治に利用した。そのふるまいはムスリムの模範と讃《たた》えられるものではなかった。テロリズムで世界を攪乱《かくらん》したけれど、新しい秩序は生まなかった。

先日、三月二十日はイラク戦争が始まって十四年目の日だったが、これを記念日とは呼べない。結果が最悪だったのだ。あるとされた大量破壊兵器がなかった以上、あの戦争には大義はなく、イラクの社会を破壊したのみ。そこに生まれた力の空白からやがて「イスラム国」が台頭した。戦争は結局、暴力の時代を招来しただけだった。

二〇〇二年の十一月一日、開戦の四か月と二十日前、ぼくはバグダッドからモスルに入った。メソポタミア文明の遺跡を見る旅行だったが、しかしサダム・フセイン支配下のイラクの社会をつぶさに見る旅でもあった。

　それがいかにも住みやすそうに見えたのだ。戦争の脅威が迫っているのに人々の表情は明るく、食べるものは豊富で、ぜんたいにのんびりしていた。旅人は行く先々で歓迎された。独裁者と秘密警察の国家のはずが、外国人ジャーナリストへの監視などまるでいい加減。

　モスルは気持ちのいい町だった。近くにニムルドという大きな遺跡があって、たまたま発掘されたばかりの美しい有翼牛人像《ラマッスー》を見ることができた。町の一角で子供たちが歌っていたのはフランス民謡の「フレール・ジャック」だった（日本語にもいくつもの歌詞がある）。遊園地に集う子たちは元気いっぱいの笑顔だった。

　ぼくは帰国してすぐ反戦を訴えた。あの子供たちの上に爆弾を落としてはいけないと思ったのだ。大急ぎで本を出し、各地の講演会で話し、テレビのワイドショーにまで出た。

　世界中で開戦に反対する大規模なデモが行われた（ニューヨークで五十万、ロンドンで七十五万、東京で四万）。

　しかし戦争は止められなかった。

半年後、ぼくはモスルをはじめ自分が訪れて心地よい時間を過ごした土地の名を激戦地として一つまた一つと知らされることになる。

ずいぶんたってから、イラクの旅のガイドをしてくれて親しい友人になったレイスから、なんとかアンマンに逃れたという連絡が入った。しかし陽気な美青年だった彼の弟は戦闘に巻き込まれて亡くなったという。この弟の笑顔をぼくはよく覚えている。レイスは真の知識人で、平和な時代ならば社会の要職にあるべき人物だった。イランとの戦いと湾岸戦争で生涯を棒に振ったが、自分の子の世代はもっといい時代になるはずと言っていた。その後、彼から連絡はない。

去年、イギリスでイラク戦争に参加を決めたブレア政権の判断を検証するチルコット報告書が発表された。『戦争と平和』の四倍という語数を費やしての綿密なもので、結論は開戦は誤りということだった。あの時点で戦争をはじめる理由はなかった。国連による大量破壊兵器の査察の結果を待っても何の危険もなかった。

これを聞いてブレアは「結果論」だと言ったが、それは違う。あれは明らかにブッシュ・ジュニアの判断の誤りであり、尻馬に乗ったブレアの誤りだった。ブッシュは任期の最後に「大統領の職にあった中で、最大の痛恨事はイラクの情報の誤りだった」

と言った。実際には情報ではなく判断の誤りだ。

それでも彼は反省したからまだまし。開戦の日に「アメリカの武力行使を理解し、支持します」という声明を出した小泉元首相はこの件について今もって何も言っていない。外務省もこれには触れない。日本の官僚は過去を検証せず、責任を取らず、文書を公開せず、重大な局面で記録さえ残さない。あるいはこっそり破棄する。

冷戦の後の安定は9・11で崩れた。イラク開戦がそれを拡大した。

イギリスのジャーナリスト、ピーター・オボーンはこの戦争の失敗で「エスタブリッシュメントへの信頼感がガラガラと崩れた」と言った。その結末がイギリスのEU離脱であり、アメリカではトランプというトンデモ大統領の登場ではなかったか。国際政治はかくも大きく崩れるものであるか。

モスルで会った大学生は、できればコンピュータ・サイエンスに進みたいとぼくに言った。経済封鎖で十年以上停滞していたイラクではむずかしいことだったが、しかし希望はあったはず。

彼、ラヤン・アブドゥル・ラタク（住所は「私書箱1977」）は今、どこで何をしているのだろう？　あの時に二十歳とすれば、今はもう三十四歳になっている。

（二〇一七年四月五日）

ビッグデータとＡＩ

小さなプロダクションに勤める友人が嘆く――どんな企画もみなビッグデータにつぶされる、と。「それは売れない」とビッグデータが言っている、で終わり。人々の心の奥で出番を待つ思いへの回路をビッグデータが断ち切る。

これはほんの入り口にすぎない。

思想はやがて社会の動向を左右する力を失うのではないか、とぼくは悲観的なことを考えている。

以下は未来への外挿、一つのＳＦの案と思っていただきたい。

無力を導くのは情報革命だ。

昔々、ホモ・サピエンスは抽象思考の能力を得て精神革命を起こし、他のホモ属に差を付けた。農業革命によって生産能力を飛躍的に高めた。科学技術革命によって今見るような社会を築いた。

その先で待っていたのが情報革命。

コンピュータの発明だけならば本質的な変革にはならなかっただろう。これがインターネットと組み合わされ、更に近年に至って通信のコスト、記憶装置のコストが何桁《けた》も低くなった。その結果、社会の基本構造が根底から変わりつつある。

社会は人間同士の関係から成る。はじめは対面による個体識別、言語を得てからは噂《うわさ》が加わり（第三者の誕生）、官僚機構による統治が広まり、それに抗する個人の思想が書物を通じて社会ぜんたいを動かすようになった。

つまり、これまでは交友、言語、制度、思想などが人間と人間を繋《つな》いできた。

資本主義になってから金銭の媒介が加わった。今では人間はまずもって消費者である。あなたは受精以前から死去の後まで広告に包囲されている。

更に今や個人の消費行動は、おにぎり一個の買い物、電車に乗った一区間、すべてネットを通じてＸに報告される。思想信条、その時々の思いはＳＮＳから抽出される。

ぼくが危惧しているのはオーウェルが書いた『一九八四年』やブラッドベリの『華氏４５１度』のような強権による思想統制ではない。それならばあの主人公たちのように抵抗もできる。むしろP・K・ディックが描いた世界だ。XXにとっては一個人の思想などどうでもいいのだ。そんなものは恐《こわ》くない。今や恐いものは何もない。

個人のふるまいすべてがネットを通じて集積され、集計され、解析され、保存される。これがビッグデータである。最も大事な解析を担うのは人工知能（AI）。知能という言葉に何か人間的なものを期待してはいけない。コンピュータが得意とするのは単純な計算を高速で大量に行うことであり、囲碁などではこの能力が有利に働く。

ビッグデータからのパターンの読み出しこそはAIの活躍の場だ。

ビッグデータには社会の現況がそのまま入っている。これが広告に応用される。つまりXXはこれに基づいて社会の舵《かじ》を取ることができる。

しばらく前、XXはアメリカ国民の思いのすべてをビッグデータから引き出した（としよう）。世論調査と違って全数が対象だから誤差は皆無。それに沿って広告戦略を組み立てる。結果において得票数が半分を超えればいいのだ。人々の欲望を読み解き、共感と反発が拮抗《きっこう》するぎりぎりのポイントを狙って政策を設計する。

広告業者は売れと言われた商品の価値を問わない。それは職責の内に入っていないし、この業界に倫理はない。欠陥車であるか否かは契約の外。

車ならば業界の規制があるが、大統領選挙には公認の衝突安全テストはない。やりたい放題。アメリカ国民全員の欲望を解析したビッグデータが戦略の基盤を作った（のではないか）。

結果、有権者はトランプというとんでもない欠陥車を買った。この場合、それで戦争になろうが恐慌が来ようがそれは投票した人々の責任、と言えるか？　普通選挙による民主主義は意味を失ったかもしれない。

その瞬間々々の国民の感情がことを決める（感情には思索の過程は痕跡としても残らない）。しかしその感情はＸＸの操作の対象である。これは究極の平等社会だろうか。

ここまでぼくはビッグデータの主体をＸＸと書いてきた。その正体は何だろう？アメリカならばＦＢＩか、しかし彼らはトランプと敵対している。ではＡＧＦＡ（アップル・グーグル・フェイスブック・アマゾン）か？　今や国家のはるか上空にある超企業？

わからないのだ。ＸＸ自身にも自分の正体はわかっていない。生まれたばかりの怪物だから。

思想はファッションでしかない。コンピュータとネットワークに騎乗したホモ・サピエンスは何か別のモノに変身しつつ逸走している。手の中にたづなはない。ただしがみつくばかり。

（二〇一七年五月一〇日）

サハリン、二十八年ぶりの再訪

札幌からサハリンに行った。

二十八年を隔てた再訪である。

前回は開始早々の観光ツアー。たしか第一陣で、ぼくは旅行記を書いた。今回は北海道立文学館館長としての公務だが、実際には向こうの代表者のみなさんに会って握手して、あとはにこにこしているだけの気楽な旅。

サハリンは近い。宗谷海峡の幅は四十二キロしかない。札幌からユジノサハリンスク（旧豊原）までは飛行機で一時間ほど。東京はおろか仙台よりも近いのだ。

二十八年前に行った時は稚内からの船で八時間かかってホルムスク（旧真岡）の港に着いて、車で内陸のユジノサハリンスクに入った。

距離や時間よりも、二十八年という歳月に自分で驚く。一九八九年にはサハリン州はソ連の一部だった。そういう名前の国があった。ゴルバチョフのペレストロイカ宣言から四年という時期、その二年後にソ連が崩壊することはまだ誰も知らなかった。

辺境の町は無彩色が印象的で、そこのところがぼくが生まれ育った昭和二十年代の帯広によく似ていた。

具体的に言えば、帯広もユジノサハリンスクも道がやたらに広く、家と家の間が空いていて、全体にがらんとしている（これは六歳で上京したぼくが内地の都市と比べて知ったこと）。公共の建物の多くが木造二階建てで、窓が縦長。シラカバの疎林やヤマナラシ、ポプラなど、植生もよく似ていた。

何よりも北海道と空気感が同じだった。前に行った時も初夏で、その割には寒かった。今回は寒くはないが気持ちよく涼しい。

昔と比べて市街地の景色はずいぶん変わっていた。色彩が氾濫《はんらん》している。建物がカラフルになったが、それ以上に派手な広告が目に飛び込む。社会主義から資本主義への移行を象徴する色だ。前の時は日本が体験した高度経済成長を知らぬままサハリンは戦後四十年を眠って過ごしたようだったが、今回は商業主義に目覚めたかのよう。

マーケットの小店に並ぶのは（たぶん中国製の）けばけばしい雑貨だが、高級な店には高級なものもある。道を行く人々は西の方のロシア人に見えるけれど、朝鮮族の人も少なくないし、少数民族かという顔にも出会う。

裏道に入ると舗装は荒れていて、汚泥やゴミの臭いがかすかに漂う。これを懐かしいと思ったのは、世界中いたるところでこういう道を歩いてきたからだ。日本はすっかり清潔になってしまった。

出会う相手は無愛想だったり親切だったり。食事のサービスがおそろしく遅い店もあれば迅速な店もある。タクシーではスマホに表示される金額のとおり二百五十ルーブルを渡したら、五十ルーブル返してくれた。正直な男だ（旅人はこういうところから土地の印象を作るのだから、偶然が偏見を生むのは当然だろう）。

オーロラ航空の機内サービスや入国審査は気が利かない。旧ソ連と同じと言いかけて、しかし考えてみればたいていの国はこんなものだと思い直す。日本の社会の方が気遣い過剰なのかもしれない。その極致がコンビニの慇懃《いんぎん》で無表情な客あしらいである。

公費で行った目的は、我が北海道立文学館が秋に予定しているチェーホフの特別展にサハリン州の研究者を呼ぶ件の打合わせと、文学館と向こうのチェーホフ文学記念館の友好協定の調印。

この記念館が立派だった。作家は三十歳の時に一念発起してモスクワからはるばるサハリンに旅行した。医師として流刑囚の境遇を調査して報告するのが目的で、その成果は『サハリン島』という著書に結実した。

モスクワからは今でも飛行機で八時間の僻遠《へきえん》の地である。チェーホフの時は八十日かかった。記念館はほぼこの一作を巡る展示だけなのだが、これが呆《あき》れるほどの充実ぶり。牢獄を再現した実物大のジオラマなど、狭くて寒い拘禁生活の辛《つら》さが見る者の身に迫る。文学を手がかりに歴史が辿《たど》られる。

二十八年前、サハリンを訪れた後でぼくは「種類が少なくて品質も粗末な消費財、遅い汽車や舗装のゆきとどかない道路、杓子定規《しゃくしじょうぎ》で愛想のない窓口（しかしそれと対照的な町の人々の愛想のよさ）、社会全体の非能率、情報の不足、海外旅行の不自由など」をこの社会の特徴として挙げた上で、自国と比較して、「サハリンも三〇年たてば今の日本のようになるだろうとか、なるべきだと言っているのではない」と書いた。それぞれの道でいいと思った。

しかしソ連は消滅した。この隣国は資本主義・商業主義の日本に近づいたと言ってもいい。社会主義はあの国では失敗した。それが終わったのはよいことなのだろうが、資本主義にはまた別の苦労と不幸がある。理想はどこまで行っても遠いのだ。たぶんサハリンの人々もそれを実感しているだろう。

（二〇一七年六月七日）

火に包まれた世界で

日本では国会がぐじゃぐじゃ最悪の事態になっていたので報道が少なかったが、先月十四日のロンドンの大火は衝撃だった。

二十四階建ての高層住宅が炎上している。そこに人がいて助けを求めているのに、目の前にそれが見えているのに、救う手立てがない。はしご車も放水も上まで届かない。火に追われて飛び降りる人がいたとか、子供を投げ落として下で受け止めたとか、不確かなことが次々に伝えられる。見る人々は自分たちの無力をそういう形で表現したのだろう。

鎮火した後の黒いタワーの姿も象徴的だった。崩壊の恐れはないとされたけれど、行き交う人々はずっとあれを見ていなければならない。

グレンフェル・タワーはケンジントン・ガーデンズの北西にあった。地下鉄のノッティング・ヒル・ゲイト駅からそう遠くない。ぼくがよく知っている地域だ。

恐ろしい光景に既視感がつきまとう。9・11、そして東日本大震災の津波、東京電力福島第一原子力発電所の崩壊。メディアは現場の映像を同時的に伝えるが、しかしそれは見る者の無力を思い知らせることでもある。見る者とはまずもって自分であり、敢《あ》えて言えば政府とか社会とか人道とかいうちゃらちゃらしたもの。火の前では何の役にも立たない。

難民たちは世界中で同じような火に包まれている。

この建物の十五階にモハメド・アルハジャリという青年がいた。土木工学を専攻する学生。遡《さかのぼ》ればシリアからの難民。兄と共に故国を脱出し、ロンドンに着いてなんとか安定した生活を送れるようになった。土木工学は戦乱の故国が安定して戻れたらすぐにも役に立つ現実的な選択ではなかったか。

火災と聞いて兄弟は逃れようとしたが、モハメドは兄とはぐれ、部屋に戻って救出を待った。シリアに残った家族と電話で話そうとしたけれど、回線の不具合か通じない。代わりに友人と二時間に亘《わた》って喋《しゃべ》った。下から炎が迫り、彼は自分の思いを家族に伝えてくれと言った。イギリスは窮地を逃れて来たモハメドを救えなかった。

その一方で、ラマダンで昼の間は食事ができないムスリムたちが起きていて早く火事に気づいたので被害者が少なくて済んだという報道もあった。

多くの人々の死に既視感を覚えてはいけないと考える。9・11の後、ニューヨーク・タイムズ紙は亡くなった人たち一人一人のライフ・ストーリーの小さなコラムを連載した。いい企画だと賞賛《しょうさん》された。たしかに、亡くなったのは数ではなく人生を持った個人たちだった。

しかし、報復爆撃で死んだアフガニスタンの死者たちについては誰も報道しなかった。名前の記録さえない死者たちがこの世界には無数にいる。


先日亡くなった元沖縄県知事大田昌秀が残した「平和の礎《いしじ》」の意味はそこにある。沖縄人も本土人もアメリカ人も朝鮮・台湾の出身者も、ともかくあの時期にあの島で戦闘で亡くなった人たちすべての名を調べ上げて記す。名前追求の努力はずっと続いている。ぼくはあの人々の名を一人ずつ読み上げたいと思う。なぜなら、残された者にはそれしかできないのだから。

仏教では火宅と言う。苦しみに満ちたこの世に住むのは火事になった家にいるも同じ。人々はそれに気づかずに遊び呆《ほう》けている。

火車という言葉もある（ぼくはこの語を宮部みゆきの名作のタイトルで知った）。

辞書によれば「生前悪事を犯した亡者を乗せて地獄に運ぶという、火の燃えている車」の意であるという。だが、亡くなったのは無垢《むく》の人々なのだ。人は自分の罪を思うことはできるが、他者の罪を問う資格は誰にもない。

仏教の救いの方に行こうとしているのではない。今の世の中、どちらを見ても炎が見える。これまで、今はいい時代だと言い切れたことはなかった。いつでもどこかで人が不遇の死を遂げていた。だが、最近になって事態はいよいよ悪い方に向かっているように思われる。トランプの政治もイギリスのEU離脱も、我々が縋《すが》っていた理念を放棄するものだ。啓蒙《けいもう》主義が失われて世界は中世に戻ると言う者もいる。

イギリスの詩人ディラン・トマスに「ロンドンで一人の子供が火災で死んだのを悼むことに対する拒絶」という詩がある。

この詩の最後の行は「最初に死んだものの後に又《また》といふことはない」となっている(吉田健一訳)。

彼はドイツ軍の空襲で死んだ一人の子供を安易に悼むことを拒んだ。同じようにぼくはロンドンの火事で亡くなったシリアの青年を悼むことを拒み、六年前に石巻の大川小学校で亡くなった子供たちを悼むことを拒もうか、自ら火宅に住む者として。

（二〇一七年七月五日）

舞台「子午線の祀り」を見る

古川日出男訳の『平家物語』(『池澤夏樹=個人編集　日本文学全集』第九巻)を読んで以来、いや、この全集の編集を進めている時から、なぜ日本人がかくも敗者の側に心を寄せようとするのかが気になっている。『平家物語』は軍記物であり、その関心の赴く先は広く、戦闘場面の高揚感もなかなかのものだが、読む者の思いは最後には滅びる平氏へと収束する。これは『古事記』から文楽・歌舞伎まで連綿と日本文学の伝統だった。

時も時、木下順二の「子午線の祀《まつ》り」が上演されるというので見に行った(七月二十二日、世田谷パブリックシアターの公演)。原作の発表は一九七八年、初演は翌年である。主役は平家一門を率いて転戦しながら敗北を重ね、最後は壇ノ浦に果てる平知盛《たいらのとももり》。栄華を極めた清盛の突然の死から四年後のことだ。

発表当時、この芝居は古典を現代に繋《つな》げる試みとして高く評価された。中でも原文をそのまま群読する手法は好評だったが、しかし今回聞いてみると、たたみかける事実報告の速さに観客の耳はついていけない。かつて平家の亡者たちが耳なし芳一の琵琶の音に乗せた語りに聞き惚《ほ》れたような具合にはいかない――「新中納言知盛の卿は、一の谷、大手生田の森の大将軍にておわしけるが、その勢《ぜい》みな逃げ討たれて、今はおん子武蔵の守知章《かみともあきら》おん年十六歳、お供には監物太郎頼方《けんもつたろうよりかた》、ただ主従三騎になって、助け船《ぶね》に乗らんと汀《なぎさ》のかたへ落ち給《たま》う」。

ひょっとしてこれを古川訳と入れ替えたらという妄想が浮かんだ――「新中納言は生田の森の大将軍に就かれていたが、その軍勢はみな戦場から逃げ去り、今は御子の武蔵の守知章、侍の監物太郎頼方のただ主従三騎になり果てられ、助け船に乗ろうと渚《なぎさ》のほうへ、渚のほうへ」（古川は「おん年十六歳」を少し先の方へ移している）。

大勢の役者を動かす演出（野村萬斎）は見事であり、二段に設《しつら》えた舞台の上段が前後に動く装置もとてもよい。武満徹の音楽もさすがで、とりわけ和楽器の生かしかたは効果的。

俳優の中では萬斎がまず際だつ。彼には狂言の所作で得た動きがあり、何よりも一人にして複数のエロキューションがある。それに比べると新劇と小劇場の俳優たちのおめきはいささか単調に聞こえた。まさか萬斎の一人舞台とは言わないが、狂言師萬斎の才は演出家萬斎のそれを上回ったということにはならないか。

　観客は敗者である平家とその総大将の知盛に心を寄せざるを得ない。だから話が源氏勢の側に移ると舞台がすっと遠くなった気がする。ここは台本を刈り込んでもよかったかと思った。なんと言っても源氏が勝つことはわかっているのだ。我々が義経の運命に共感するのは常勝軍の将という役割を終えて兄頼朝に追われる身になってから、つまり彼が敗者となってからなのだ。その故にこそ「勧進帳」はおもしろい。

　木下順二はこの芝居の主題を、運命は天が決めるか否かに置いている。知盛は問う――「負け戦《いくさ》さ――わが子武蔵守知章を眼前に見殺しにして逃げたこと――馬を敵の手に放ったこと――その一つ一つが、すべてはそうなるはずのことであったといま思われるのはどういうことだ？」という問い。

　運命の象徴として月の運行がある。月が潮を動かし、潮が壇ノ浦の海戦の勝敗を決めた。月が子午線を渡るという現象は人間の手では動かしがたい。そう考えて知盛は負けたことを自分に納得させ、「見るべき程の事は見つ」と言って自ら水中に没する。

ここでぼくは『史記』の「項羽本紀」の最後を思い出した。戦いに敗れて落ち行く項羽は四面に楚歌《そか》を聞いて、「天が我を亡《ほろぼ》すのであって、作戦の失敗ではない」と嘯《うそぶ》く。知盛と同じくそう言って自分を納得させようとしたのだが、著者の司馬遷はこれに批判的で、「豈不謬哉《あにあやまりにあらざらんや》」（大間違いではないか）と言っている。

この他にも「項羽本紀」には愛馬を敢《あ》えて敵の手に渡す場面があって、これも知盛のふるまいと共通している。『平家物語』の作者は『史記』を参照したのだろう。

「子午線の祀り」には左翼のルサンチマンがちらつくような気がする。戦争責任、革命未遂、セクトの争い、転向者の存在、などなど。

木下順二ならば今はむしろ「冬の時代」を舞台で見たい。明治末から大正にかけてのいわゆる左翼の冬の時代を、堺利彦らの売文社を舞台に描いた芝居で、堺や大杉栄、荒畑寒村、管野スガなどが登場する。主題の暗さに反して台詞《せりふ》回しは軽妙洒脱《しゃだつ》で、民主主義と人権思想が「冬の時代」を迎えている今、この姿勢には学ぶべきものがあるように思えるのだ。

（二〇一七年八月二日）

瀬戸内海を旅して

夏休みに瀬戸内海に遊んだ。

なぜか若い女性たち四名が同行してくれる。

目指すは周防大島、別名屋代島《やしろじま》。敬愛する民俗学者・宮本常一の郷里であるということしか知らなかったのだが、行ってみるとここは歴史的にまこと由緒ある島だった。

『日本書紀』によれば、史上二度目の性交によってイザナミが国生みをした時、七番目に生まれた島がここであるという。『古事記』でも十一番目。いわば国土として名門なのだ。

また『万葉集』の巻十五には、渦潮に抗して玉藻を刈るこの島の乙女たちを讃《たた》えた田辺秋庭《たなべのあきにわ》の歌がある。下っては平知盛《たいらのとももり》が城を築いたという話も伝わっている。橋で隣接する沖家室島《おきかむろじま》には海路の要衝として毛利藩の番所があった。

西日本を旅していると、郷土史が日本史に直結していると思うことが少なくない。イザナミも秋庭も知盛もみな時代を隔てた知人のように身近に思われる。

人文地理の視点から見れば、日本列島の島々の配置はまことに巧妙である。朝鮮半島の先端から渡りやすい距離に九州があり（途中に飛び石として対馬）、そこから中国と四国という細長い陸地が東へ伸びて、両者に挟まれて瀬戸内海が横たわる。その先が本州の主部だが、関東から先は東ではなく北に向かう。

瀬戸内海は古代からハイウェイの役割を果たしてきた。大陸の文物はまず九州に入り、海を通じて速やかに東に運ばれる。行き着く先が河内あたりで、低い山を越えれば大和。邪馬台国が北九州と大和のどちらにも比定され得るのはそのためだ。

また別の例。高村薫の近作『土の記』は土の上で展開される緻密《ちみつ》な物語である。稲を育てる一人の老人の多面的な肖像をぼくは一頁《ページ》また一頁と丹念に読んだ。

この話の舞台は奈良県の宇陀《うだ》市。主人公上谷《かみや》伊佐夫が住む漆河原という地名は同市嬉河原《うるしがわら》の古い表記らしい。

宇陀の二文字、どこかで見たことがあると思ったら、『古事記』を現代語に訳した時に出会っていた。中巻にある「宇陀の高城《たかき》に鴫罠張る《しぎわなは》……」という陽気な歌。その罠に鳴ではなく鯨がかかった！　おいしいところは若い妻に、そうでないところは古い妻に、というとんでもない歌詞はさておき、宇陀はとても古い地名なのだ。

『古事記』には大和や河内の地名が林立している。近畿地方では鉄道の駅名にまで歴史が絡みついている。近鉄の畝傍《うねび》御陵前《ごりょうまえ》と京王電鉄の聖蹟桜ヶ丘は共に天皇に関わるけれど、前者は第一代神武天皇の陵墓、後者は第百二十二代明治天皇が行幸した土地。まるで歴史が違うではないか。一事が万事こうなのだ。

日本史年表から地名を抽出して白地図の上に置いていけば、西日本と東日本で歴然と密度が違うことがわかるだろう。はっきり言ってしまえば、東はながらく未開の地だった。

江戸時代になって日本の重心は関東地方まで東漸した。しかし明治維新ではまた少し西に戻ったのではないか。明治時代を仕切ったのは西の端の薩摩と長州である。

そもそも東北地方は日本に組み込まれるのが遅かった。文学史で考えてみても、平泉から北に歌枕はほとんどない。つまり和歌の文化圏の外だったわけで、芭蕉も中尊寺より北には行っていない。また、江戸期までの経済は米が通貨だったが、東北は冷害なども多くて振るわなかった。

話を明治維新に戻せば、戊辰戦争で奥羽越列藩同盟は新政府軍に敗れた。靖国神社には彼ら賊軍の死者は祀《まつ》られていない。そして以後、東北出身者は一般社会での出世の途《みち》を断たれた。成績第一主義の軍隊でしか頭角を現すことができなかったと言われる。たしかに軍人には北日本の出身者が多い。

明治の初期、長州の某が東北を訪れて、「白河以北一山百文」と言った（西行の歌にもあるとおり、白河の関もまた日本文化の北限とされた）。これに反発して岩手出身の宰相・原敬は敢《あ》えて「一山」と号した。仙台を拠点とするブロック紙は今も「河北新報」と名乗っている。

ぼくの郷里である北海道となると、もう日本史に出てくる地名などほとんどない。もともとが先住民から奪った土地であり、空っぽと見なされた植民地であり、明治維新がらみで言うならば函館は戊辰戦争の最終的な敗北の地である。

来年のＮＨＫ大河ドラマの主人公が西郷隆盛と聞いて、日本史の重心はやはり西の方にあると改めて思う。テレビがそうなるのはしかたがないとしても、次の首相もまた西の人だろうか。

（冒頭に書いた旅の仲間はＦＭ局の優秀なスタッフであった。）

（二〇一七年九月六日）

それでも、愚直に選ぶ

秋になって、讃岐から栗が届いた。

まずは栗ご飯と思ったが、その前に栗を剝《む》かなければならない。熱湯に放り込んで三十分、笊《ざる》に上げて、卓上に包丁とまな板を用意する。固い鬼皮はまあ楽にカパッと剝ける。その先の甘皮がなかなか大変。実に密着しているから包丁で丁寧に分けるしかない。大雑把にやるとおいしいところを捨てることになる。

大根の桂《かつら》剝きやトマトを剝くのに似ているが、栗はサイズが小さい。その分だけ包丁使いが細かくなる。手を動かしながら味見の誘惑に耐えるのも容易ではない。

結局、三十粒を剝くのに一時間半かかった。一粒三分。グリコの広告に「ひとつぶ300メートル」とあったのを思い出したりして。

栗を剝くのは愚直な作業だ。手と目は忙しくても頭は暇だからいろいろなことを考える。黙々と包丁を動かしながら、この対極にあるのは政治家という職業かと思った。

この数年間、安倍晋三という人の印象はただただ喋《しゃべ》るということだった。枯れ草の山に火を着けたかのようにぺらぺらぺらと途切れなく軽い言葉が出てくる。対話ではなく、議論でもなく、一方的な流出。機械工学で言えばバルブの開固着であり、最近の言い回しを借りればダダ洩《も》れだ。

安倍晋三は主題Aについて問われてもそれを無視して主題Bのことを延々と話す。Bについての問いにはCを言う。弁証法になっていないからアウフヘーベンもない。

これは現代の政治にまつわる矛盾の体現かもしれない。資本主義と民主主義という二つの原理の間にどうしようもない矛盾がある。民主主義は権利や富が万民に行き渡ることを目指す。資本主義は富の集中と蓄積を旨とする。ベクトルが逆なのだ。

現政権の面々はほとんどが富裕層の出身である。有権者の九割九分は富裕層ではないのに、なぜ彼らに票を入れるのだろう。

選挙前、彼らは貧困層に厚く配分するとは言わず、景気がよくなったらみんなに行き渡るからと言う。自分は景気をよくする秘訣《ひけつ》を知っていると繰り返す。これはカジノの原理だ。

政権の座に就くとあとはひたすら喋ってごまかす。もう少しもう少しと先送りする。よくもまあそれが五年も続いたと思うし、その間に憲法は蔑《ないがし》ろにされ、反民主主義的な悪法が多く成立してしまった。悔しいかぎりだ。

加計《かけ》と森友で追い詰められて一方的に解散。その上で国難とはよくも言ってくれたものだ。「今日は晴れ後曇り、ところによりミサイルが降るでしょう。お出かけの方は核の傘をお忘れなく」って、それならばすべての原発からすぐに核燃料を搬出し、秘密裏にどこかに隠しなさい。原発は通常ミサイルを核ミサイルに変える施設なのだから。

野党の方はただただ情けない。普通の人は安倍晋三のようにぺらぺらは喋れないとしても、求心力のある人物が一人もいなかったのはなぜか。

野党の無力と与党の制度疲労の隙間から小池百合子がむくむくと頭をもたげた。一党独裁の停滞期から変動期に入ったように見えるが、彼女の「日本をリセット」と安倍晋三の「日本を、取り戻す」は無意味という点では同じ。

カジノが劇場に変わったのか。だが派手な演技で人目を引こうとする役者はいても、この国が今かかえている問題に対する答えはどこにもない。

希望の党は民進党からの移籍者を選別するという。合併ではなく併合なのだからそれは当然で、入れてもらえないと知ってうろたえる方がおかしい。民進党ながらさっさと無所属で出ると宣言した逢坂誠二（北海道八区）はかっこよかった。いっそのこと同志を募ってもう一つ党を作ってはどうだろう。名前はたとえば「立憲民主党」、とまで書いたところへ届いた夕刊に、枝野幸男がまさにその名の党を作るとあった。主義主張はいいとして、小選挙区制のもと、また死に票が増える。

カジノから劇場、その先はサッカーの試合のよう。反与党の側はフィールドぜんたいに散って勝手に走りまわっている。ゴールはどんどん遠くなる。

政治は必要である。どんなに質の悪い政治でも無しでは済まされない。アベノミクスが嘘《うそ》で固めた経済がこの先どこまで落ちてゆくか、見届けるためにも少しはましな政府が要る。

選挙の原理はこの「少しはまし」ということに尽きるのだろう。理想の候補はいないとしても、誰かの名を書いて投票しなければならない。

話を元に戻せば、この国のほとんどの人は栗を剝くように実直に働いている。一粒に三分を費やしている。我々には愚直な一人一票しかない。それならば、まずはこの権利を行使しよう。

（二〇一七年一〇月四日）

マダガスカルと福島

本来ならばぼくはこの週末、成田からエチオピア航空の便に乗っているはずだった。行く先はアディスアベバだが、そこは中継地で、最終目的地はアンタナナリボ。マダガスカルの首都である。

その先の旅程にはアンダシベとか、アナラマザオトラ国立公園とか、モロンダヴァとか、まったく知らない地名が並んでいる。

話の始まりは科学的な動物の絵が専門の画家Kさんがマダガスカルに行くと決めたこと。こんないい機会はめったにないと、友人やら仕事仲間やらがぞろぞろついて行くことになった。ぼくもその一人。

マダガスカルはインド洋の西にある大きな島である。とても早い段階で他の大陸から分かれたため、動植物の七割以上が固有種という興味深いところだ。よく知られているのは原始的な猿であるアイアイ、それにバオバブというあの特異な形の木(『星の王子さま』の挿絵にあるのは実際のバオバブとはだいぶ違う。あれではほとんどブロッコリだ）。

カメレオンがたくさんいるし、「旅人の木」という不思議な植物もある。地形は沙《さ》漠《ばく》やら熱帯雨林やら白砂の浜辺やらさまざま。さらに人々、言葉、文化、料理。ガイドブックを読んでいるだけで興奮する。

思えばこれまでずっと知らない土地への憬《あこが》れを軸に生きてきた。そこにもう一つ未知の地が加わる。

そう思って勇んで準備を進めていたのだが、問題が生じた。

ペストが発生したのだ。

まず、そんな名前の病気がまだあったかと驚いた。中世には大流行でたくさんの人が死んだし、デフォーやカミュにはこれを扱った名作がある。

しかしこれは今の現実の話だ。十月二十三日までに千百九十二名の患者が出て百二十四名が死亡した。これまでも田舎でネズミなどによる腺ペストはあったが、今回は飛沫《ひまつ》感染の肺ペストが都会で発生した。事態は深刻である。

どうしようか？

世界各国に散っている参加予定者の間でメールが飛び交い、やはり止《や》めようということになった。リスクが高いとは思えないが、しかしなんとなく落ち着かない。その後、エチオピア航空がマダガスカル便を運休したと聞いたがこれは間違いだったらしい。情報は錯綜《さくそう》している。

いずれにしてもただの観光客だ。行った先で責務があるわけではない。アイアイにはしばらく待ってもらおう。

何か責務があったら、危険を承知で行っただろうか？　ぼくが行ってマダガスカルの人々の役に立つことがあるとしたら。

二年前に南スーダンへの旅行を計画した。これは観光ではなく、国境なき医師団の活動をつぶさに見て記事と番組を作るという目的があった。しかしプランを作っている間にあの国の内戦が激化してとても行けなくなった（その後、一時は国境なき医師団も撤収した）。

二〇一一年の三月十一日、福島第一原子力発電所が津波で崩壊し、大量の放射性物質が大気中と海中に放出された。日本にいた多くの外国人が退避し、訪日を予定していた人たちはそれを取りやめた。危険という意味では、状況は今のマダガスカルやしばらく前の南スーダンと変わらない。日本人がどう思っていたかはともかく、外から見ればあれはそういう事態だったのだ。

あの年の九月、ソプラノ歌手のエディタ・グルベローヴァがバイエルン国立歌劇場を率いて来日した。十月一日の東京文化会館での公演はドニゼッティの「ロベルト・デヴェリュー」で、決して最上の出来ではなかった。彼女以外の歌手の実力がずいぶん劣る。

みんな来たがらなかったのだ。それを説得して、日本の人たちをオペラで慰めようと言ったのがエディタだった。

実はこの時、ぼくはたまたま楽団員と同じ飛行機でミュンヘンから成田に戻った。クレーの絵を見にスイスに行った帰りだった。それぞれ楽器を持っているからすぐにわかるし、彼らが来日することは事前に知っていた。東京文化会館の席も予約してあった。

ぼくはミュンヘン空港のゲートの前で、この時期に日本に来てくれてありがとうと言った。相手は苦笑して「なにしろエディタが……」とつぶやいた。同じ飛行機の前の方に彼女は乗っていたのかもしれない。

東京文化会館では終幕の後、熱烈な拍手の中でエディタは舞台の端から端まで歩いて最前列の観客たちと握手して回った。普通はそこまではしない。ぼくとほぼ同じ歳《とし》で歌手として現役というのも希有《けう》のことだ。

マダガスカルに行けなくなったために、たまたま来日していた彼女の札幌公演に行けることになった。それを僅《わず》かな慰めとしようか。

（二〇一七年一一月一日）

ヨーロッパ、不安定の中で

ヨーロッパは地理以前にまずもって文化概念であると思う。

先月、「ヨーロッパ文芸フェスティバル」という催しがあった。東京で四日間に亘《わた》るプログラム。

先立つものとして、二〇一三年から三回の「東京国際文芸フェスティバル」という催しがあった。どの回も盛況で、終わってから参加者は口々に成果を語り合った。しかし、無情にも勧進元が手を引いてしまって、予算の目処《めど》が立たず、今年は開かれなかった。

無念の思いから、規模は小さくとも何かやろうと駐日EU代表部とEU加盟各国大使館の文化担当官たちが企画したのが今回。

オープニング・セレモニーでエストニアの作家レイン・ラウドは、基調講演をアウグスティヌスの逸話から始めた。彼に洗礼を授けたのはアンブロシウスだが、そのきっかけは後者が音読ではなく黙読で書を読んでいた姿を見たことだったという。

小国エストニアのことではなく、EUと政治のことでも現代の文学状況のことでもなく、四世紀に生まれたキリスト教の神学者。彼が聴衆に見せたのは連綿と続くヨーロッパ文化の姿である。

ルポルタージュ文学の大家としてリシャルト・カプシチンスキという人がいた。ポーランド出身で、この分野で初めてノーベル文学賞の候補と言われながら、機を得ることなく二〇〇七年に逝った。一昨年のスヴェトラーナ・アレクシエーヴィチの受賞にはそのリカバリーという一面があった。

カプシチンスキが二〇〇五年にベルリンで行った講演を聞いたことがある。彼は、ルポルタージュ文学の開祖はヘロドトスである、というところから話を始めた。

(ここでぼくは、日本では普及していない「ルポルタージュ文学」という文芸用語といわゆる「ノンフィクション」の違いを説明しなければならないだろう。前者は文学であり、後者はジャーナリズムに属する、というのが最も簡潔な定義。)

アウグスティヌスやヘロドトスの名を出すことで明らかになるヨーロッパ像がある。領土と言語と民族を異にしながらも、ギリシャ・ローマに始まってキリスト教に継承された文化によって自分たちは結ばれている、と彼らは考える。

ぜんたいとしてヨーロッパは小国の集合体である。EU加盟国には日本より人口が多い国は一つもないし、日本より広い国も三つしかない。国境線は頻繁に書き換えられ、民族意識が政治経済を左右することも少なくない。二十世紀にヨーロッパは二つの世界大戦を引き起こした。ユーゴスラビアが内戦でばらばらになったのはほんの四半世紀ほど前のことだ。

経済と政治の面でヨーロッパをまとめようというのがEUだが、最近は不安定の度を増している。各国間の利害の調整がいつも理性的に行われるとはかぎらない。そこへ難民や移民など、域外からの攪乱《かくらん》要素が加わる。

だから今も絆として文化が大事なのだ。ヘロドトスとアウグスティヌス、ダンテとシェイクスピア、ミケランジェロとセルバンテスとジェイムズ・ジョイスが大事なのだ。

各国と全体の関係をレイン・ラウドは古代ギリシャのアゴラ（広場）と重ねて説明する。人々は個であることを一旦《いったん》は家に置いて公共の場であるアゴラに集った。これが今のヨーロッパというゆるい集合体の基本形であり、文化の面ではそれがそのまま実現している。

同じように古い文明を持ちながら、なぜ東アジアではこのような連帯感が生まれなかったのだろう？　文芸フェスティバルで『論語』から始める基調講演は可能だとしても、儒教で中国と朝鮮半島や台湾やチベットや日本列島を束ねられるだろうか。

中国が大きすぎるのがいけなかったかもしれない。隋と唐による統一の後、王朝は交替《こうたい》しても領土に大きな変化のないまま現代に至っている。ローマ帝国が滅びた後で四分五裂したヨーロッパとはそこが違う。今もって我々は中国という国が政治でも経済でも大きすぎることに悩まされている。

数年前に『池澤夏樹＝個人編集　世界文学全集』を完成させた時、ぼくはヨーロッパ以外の地域の作家たちを多く収められたことを喜んだ。二十世紀後半になって真の「世界文学」が実現した。

しかしそれはもっぱらヨーロッパ人が作った文学の普及の結果だった。長い歴史を誇る日本文学だが、今の隆盛は明治期以降にヨーロッパの文学を取り入れたことの成果である。

政治と経済は分断するが文化は結ぶ。たった今のお互いを知ること、文学ならば新作の翻訳を促すこと、つまりアゴラを活性化すること。今回のフェスティバルも意義あるものであった。

（二〇一七年一二月六日）

終わりと始まり

ヴィスワヴァ・シンボルスカ
（沼野充義訳）

戦争が終わるたびに
誰かが後片付けをしなければならない
物事がひとりでに
片づいてくれるわけではないのだから

誰かが瓦礫を道端に
押しやらなければならない
死体をいっぱい積んだ
荷車が通れるように

誰かがはまりこんで苦労しなければ

泥と灰の中に
長椅子のスプリングに
ガラスのかけらに
血まみれのぼろ布の中に

誰かが梁を運んで来なければならない
壁を支えるために
誰かが窓にガラスをはめ
ドアを戸口に据えつけなければ

それは写真うつりのいいものではないし
何年もの歳月が必要だ
カメラはすべてもう
別の戦争に出払っている

橋を作り直し

駅を新たに建てなければ
袖はまくりあげられて
ずたずたになるだろう

誰かがほうきを持ったまま
いまだに昔のことを思い出す
誰かがもぎ取られなかった首を振り
うなずきながら聞いている
しかし、すぐそばではもう
退屈した人たちが
そわそわし始めるだろう

誰かがときにはさらに
木の根元から
錆ついた論拠を掘り出し
ごみの山に運んでいくだろう

それがどういうことだったのか
知っていた人たちは
少ししか知らない人たちに
場所を譲らなければならない　そして
少しよりももっと少ししか知らない人たちに
最後にはほとんど何も知らない人たちに

原因と結果を
覆って茂る草むらに
誰かが寝そべって
穂を噛みながら
雲に見とれなければならない

（未知谷、二〇〇二年一〇月一〇日、
改訂二刷）

あとがき

世の動きを一か月ごとに区切る。

その中からテーマを選んで、それに関わる情報を収集して、考えたことをコラムにまとめる。世の動きではなく個人的な趣味の話題になることもある。

朝日新聞という場を借りて、そういうことを九年近くやってきた。初回は二〇〇九年四月。それからの四年分を『終わりと始まり』という一冊にまとめてからもうずいぶんたつ。その後、二〇一七年の末までの分をまた本にして、タイトルは少し今風にしゃれたつもりで『終わりと始まり 2.0』としたけれど、ぼくというOSがまったく変わっていない以上、これはバージョン・アップではない。連続性は保たれていると言ってもいいけれど、「2.0」は羊頭狗肉と言われてもしかたがない。

一か月を単位として現代史を追ってきた。

明るい話題は少なかった。なんと言ってもこの間の安倍政権というのがひどかった。日本という立憲民主国の品位をとことんまで落とした。更にアメリカには安倍を派手に、大袈裟に、「まさか嘘《うそ》でしょう」級のパロディーにまで拡大したトランプ大統領が登場した。冗談の域を超えた冗談で、しかしこれが現実。そういう五年間だった。それを嘆いても、レトリックを駆使して彼らを揶揄《やゆ》しても、選挙の結果が変わるわけではない。どこまで行ってもぼくたちには言葉しかない。

本当に悪い時代ではなかった、と言うこともできる。ずいぶん悪くなったのはたしかだが、それでもこの国の兵士は直接の交戦はしなかった。3・11の後、あの規模の自然災害や大事故は幸いなかった。格差は広がり、憲法は無視され、近隣の国とはいがみ合いが続いたけれども、それ以上ではなかった。世界にはもっとずっとひどい状況の国もある。

日本についてこうして行きつ戻りつの思考を重ねる。それがこの時代と歩調を合わせて生きるということなのだろう。大義名分を立てて、それに沿って思いを立てるだけなら楽なのだが。

書いた内容について、その後で事態が変わったことはいろいろあるが、それを追記することはしなかった。それぞれ発表の時点でのぼくの情報収集と思考であると思っていただきたい。ただし新聞報道が撤回された二件についてはその旨を記した。

また「ギリシャの不幸と財政ゲーム」は二〇一三年の末に執筆したのだが、仲井真沖縄県知事の変心という重大事件があったので原稿を差し替えたために、結局は紙面に載らなかったものである。

たまたま昔の映画を見た。

「大列車作戦」はジョン・フランケンハイマー監督。バート・ランカスター、ポール・スコフィールド、ジャンヌ・モローが出演する一九六四年公開の作品である。

第二次世界大戦のヨーロッパ戦線の末期、パリを占領していたドイツ軍が敗走の直前という時、彼らはピカソやセザンヌ、マチス、ルノワール、ドガなどの名画をドイツへ運ぼうとする。この歴然たる強奪を阻止すべく、フランスの鉄道員たちが連係プレーで列車の運行を巧みにサボタージュし、東に向かっているはずを南へ向かわせ、最終的にフランス国内で停める。便乗する兵士の目をごまかして路線を変え、駅名表示を張り替え、最後にはレールをとめる犬釘を抜いて脱線させるなど、できるかぎりの抵抗をする。まさにレジスタンス。

ファクトに基づいたフィクションであるという。バレればその場で銃殺。みんな命懸けなのだが、そういう大義を信じる彼らをちょっと羨ましいと思った。その前に敗戦直前に絵を自国に持ち帰ろうというナチス将校の決断にも感心したかもしれない。

この映画、最初からさいごまで鉄の匂いがしている。半世紀の間にそれがアルミニウムに変わり、今はすべてがシリコンになった。その結果か、今の日本のぼくたちには命を懸けるほどの大義はない。それはそれで幸福ということなのだろう。

シリアやパレスチナの抵抗者たちに思いを馳せる資格があるかどうか、それはまた別の問題としておこう。

池澤夏樹

二〇一八年二月　札幌

文庫版へのあとがき

この文庫版の最後の回が新聞に掲載されたのが二〇一七年の十二月だった。

その後日本で起こったのは、石牟礼道子《いしむれみちこ》さんの逝去、改元、新型コロナウイルスによる疫病の猖獗《しょうけつ》、東京オリンピック・パラリンピックの開催、安倍政権の崩壊と菅政権の成立並びにその崩壊、岸田政権の誕生、その直後に衆議院議員総選挙、というようなこと。アメリカではトランプの再選が成らずバイデンが大統領になった。

こういうことについて、もしも「終わりと始まり」がまだ続いていたら自分が書いたであろうことはだいたいわかる。つまり、毎朝、新聞を読みながらぶつぶつ呟いたことについて少し情報を集めて文章化していたはずだ。

政治・経済と社会の分野では楽しい話題はほとんどなかった。それを補うべく映画や芝居や展覧会のことを書いたかもしれない。政治にうんざりして文化に向かった例はこの本にも少なくない。経済がなければ人は生きていけないが、文化がなければ生きている意味がない。

ぼくに言わせれば司馬遼太郎の一番の作は『この国のかたち』であり、なかんずくそのタイトルである。ぼくも結局は「この国のかたち」を解明しようとしてきた。それは大企業と癒着した政治であり、既得権益にしがみつくオヤジ族の我欲によって若い人や女性たちの創造性が抑えられているが故の国勢の衰退。我々は製造業に代わる新しい産業を作り出せなかった。

これをなんとかしなければという機運はある。日本社会のさまざまなところで新しい試みがある。どんなひどい状況でも回復の可能性はあるというのが「希望」という言葉の定義だから。

読み返せば言葉を巡る話題が多かったが、それはぼくがずっと言葉を仕事の道具として使ってきたからだ。ぼくの安倍晋三に対する反発は彼があまりに言葉というものを軽んじたところにあったのだろう。そしてその欺瞞の道具として使われた言葉に迎合・忖度した周囲の人々への軽蔑。

しかし、正直な話、飽きてしまった。

それとは別の理由で「終わりと始まり」の執筆は停止している。小説『また会う日まで』を連載することになって、両方は無理と判断したのだ。

もしも今月もこのコラムが続いていたら何を書いたかと考えてみる。

ショパン・コンクールでの反田恭平《そりたきょうへい》の達成。

すばらしい演奏だった。彼の指は鍵盤の上を疾走し、舞い踊り、音楽として別の次元に行ってしまっていた。

彼の技術を論じる知識や能力はぼくにはない。インターネットの配信を見ながら、あのいわゆるシューボックス型のホールの席に身を置いてピアノとオーケストラの音に全身を浸しているという思いだけで充分。

それとは別の感慨をぼくは持った。

あの曲、ショパンの「ピアノ・コンチェルト一番」はテオ・アンゲロプロスが「永遠と一日」で使った曲なのだ。

最初のオーケストラの部分でちょっと現れ、五分後、ピアノのソロになってすぐに前面に出てくるメロディー（楽譜ならば上の隅の方にlegatissimoと書いてあるあたり）、あれをテオはほとんど映画の登場人物の一人のように使った。

主人公アレクサンドロス（演じるはブルーノ・ガンツ）は一人暮らしの老人で、癌の宣告を受け、入院を前にしている。たぶん出てくることはないだろう。家政婦に後を頼む。

一人になったアパートメントの部屋で、道路を隔てた向かいの部屋からピアノの音が聞こえてくる。演奏者の姿は最後まで見えない。音が空間を渡ってくるばかり。しかしここで音楽は間違いなく絆というものを表現している。人と人は繋がっているのだ。

それを伝えるためにテオが選んだのがショパンの一番のあの主題だった。

この後のアレクサンドロスの人生最後の大冒険については映画を見ていただくしかない。彼の若い妻アンナ（イザベル・ルノー）の美しかったこと。

（ぼくは日本公開のために字幕を担当したのだが、その苦労はテオの他の作と同じように容易なものではなかった。テオももうすぐ亡くなって十年になる。）

池澤夏樹

二〇二一年十月　東京

解説

中島岳志

本書は朝日新聞に二〇一三年四月から二〇一七年十二月にかけて連載されたエッセーだが、「社会主義を捨てるか」と題された文章に私（中島）が登場する。池澤は、拙著『「リベラル保守」宣言』を取り上げ、「保守にしてリベラルにして寛容」「いいかもしれないが、そこに欠けているのは怒りだ」と評している。

「怒り」は、世の中を変革する力につながる。本書の各所で、池澤は今の日本に対して、「これはおかしい」と異議申し立てをしている。このままではまずいという切迫感が表明されている。

しかし、池澤の筆致は「怒り」の感情にけん引されているようには読めない。正確には、深い洞察力に基礎づけられた静かな「憤り」が持続していると言えるように思う。

「怒り」と「憤り」は似ているように見えて、異なる。「怒り」は、とにかく興奮している。感情があらわになり、敵に対する攻撃性が鮮明になっている。「怒濤《どとう》」という言葉があるように、勢いが激しい。

一方、「憤り」は静かに腹を立てている状態だ。「りっしんべん」が使われていることからわかるように、「心」の中でマグマを溜めている状態を表している。

インド独立の父・ガンディーは「怒りは欲望だ」と言った。怒りに身を任せていきり立つ人がいれば静かに諫め、心を落ち着けるように諭した。怒りという感情は、必ず暴力につながる。ガンディーが見つめる暴力は、「殴る」「蹴る」といった身体的暴力だけではない。言葉の暴力を含んでいる。

一方、ガンディーほど憤った人はいない。彼は人生をかけてイギリスの支配に憤り、暴力に憤り、行き過ぎた資本主義に憤った。その結果、彼は静かに祈り、食を絶ち、チャルカー（手回し式糸車）を回した。彼は「憤り」によって「怒り」を鎮めた。そして、イギリスの帝国主義に徹底して不服従の立場をとった。

池澤夏樹は、憤る作家である。

本書掲載の文章が書かれた時期は、安倍内閣が継続していた。そして、アメリカではトランプ政権が誕生した。あまりにも出鱈目な状況に、池澤の憤りは加速する。

例えば原発。

福島第一原発の事故によって、当時の日本は東日本が失われるか否かの瀬戸際にあった。しかし、現場の人たちの懸命の努力と共に、偶然が幸いして東日本壊滅にまでは至らなかった。日本は運よく危機的状況の寸前で踏みとどまったのだ。にもかかわらず、日本の中枢を動かす人たちの姿勢は変わらなかった。

この三年で東電や経産省や肝心の時に敵前逃亡した原子力安全・保安院などの体質が変わっただろうか？　同じ人々が同じ組織で互いに庇い合って、省益・社益を守っている。この三年間の隠蔽とごまかしと厚顔無恥を見ていればそれは歴然。変わる見込みは「永遠にゼロ」だ。（73頁）

二〇一三年には、特定秘密保護法が強行採決された。「何が秘密であるかは秘密」であるこの法律は、言論の自由を窒息させ、自主規制を推進させる。

池澤は言う。

安倍自民党はこの国を着々と一定の方向へ持っていこうとしている。行く先は危険な領域であり、舵の切りかたは腕力主義、力ずくというに近い。日本は戦争がで

きる国、戦争をしようとしている国に、まるで変身ロボのように形を変えつつある。プリウスが戦車になる。（62頁）

池澤の「憤り」は、目の前の安倍内閣だけに向けられるのではない。この国の近代のあり方に根源を見出し、その構造にメスを入れようとする。

本書で池澤は、何度か「水俣病」に言及する。チッソは有機水銀を海に流し続け、その海の魚介類を食べた住民が中毒性中枢神経系疾患になった。行政は長年にわたってチッソの側に立ち、原因物質の認定に時間を要した。その間に、被害は拡大し、患者の数は増え続けた。

水銀を含むヘドロは回収され、護岸の内部に埋められた。そこはいま「エコパーク水俣」となり、スポーツ施設などが建てられている。多くの人は安全だと思っている。いや、思わされている。しかし、今も表土の下には、有機水銀を含むヘドロが埋まっている。

近くの火山が爆発したらどうなるのか。地震で亀裂が生じればどうなるのか。

私たちは自然の猛威の前に無力だ。すべてを統御し、安全を確保することはできない。自然のあり方に沿い、うまく付き合っていくしかない。

しかし、私たちはリスクよりもコストを重視し、最悪の事態には目をつむることで対応してきた。人間の能力を過信し、自然に対して力で対抗してきた。

二〇一一年三月の東日本大震災以降、東北の海岸線にはとてつもない高さの防潮堤が築かれてきた。生活の場から海が見えなくなり、人はますます海が示す異変の予兆から遠ざかる。

一方、被災地では、津波を受けた建物の取り壊しが進む。確かに、被災した人たちは、辛い思い出を引きずりたくない。その建物を見ると、あの時の悲惨な光景がよみがえってくる。もう見たくない。そんな思いはよくわかる。

しかし、池澤は、震災遺構をできるだけ残すべきではないかと主張する。津波はここまで到達したということを視覚的に残すことで、未来の他者へバトンが手渡されるのではないか。

池澤は次のように言う。

　震災は心の傷である。忘れて、なかったことにして、前に出たい。

　そう思う一方、死者は忘れがたい。忘れないことが次の災害の予防や減災に繋がるということもある。（13頁）

池澤が共に生きているのは、現代の人間だけではない。過去の人間、すなわち死者たちもまた、私たちの共同体の構成員なのである。死者と共に考え、行動することこそが、未来の他者との対話につながる。

しかし、この国の政治家たちは「みな先天性の健忘症」である。そして、「彼らには今しかない」。死者の存在を軽視し、歴史から学ぼうとしない人間に、未来との対話ができるのか。「今」だけを抱きしめてきた結果が、この日本の荒廃につながっているのではないか。

池澤が本書収録のエッセー執筆時期に行っていた仕事に、『池澤夏樹＝個人編集日本文学全集』の刊行がある。この全集では、日本の古典が現代語に翻訳され、収録されている。池澤自身も『古事記』などの翻訳に取り組んでいる。

池澤は、被災地を訪問し、安倍内閣に憤りながら、古代を生きた死者たちと対話していたのだ。彼らの言葉を吸収し、いまの言葉として表出する。翻訳作業を通じて、池澤は死者と交流し、共同性を構築しようとしたのだ。そして、そのことを通じて、未来の他者との対話の回路をひらこうとしたのである。

ギリシャの大らかな共同性を愛し、沖縄の生活世界を抱きしめる。無名の死者たちが歴史の風雪に耐えて培ってきた英知を大切にし、今を生きる人間の過信を諫める。そんな池澤の姿に、私は「リベラルな保守」を見出してしまう。そして、強い共感と敬愛の念を抱く。

私も、死者と共に「今」に憤りながら、生きていきたい。

（なかじま　たけし／政治学者・歴史学者）

終《お》わりと始《はじ》まり 2.0

朝日文庫

2022年1月30日　第1刷発行

著　　者　池《いけ》澤《ざわ》夏《なつ》樹《き》

発 行 者　三 宮 博 信

発 行 所　朝日新聞出版

〒104-8011　東京都中央区築地5-3-2

電話　03-5541-8832(編集)

03-5540-7793(販売)

印刷製本　大日本印刷株式会社

ISBN978-4-02-265026-9

朝日文庫

池澤　夏樹
終わりと始まり
いまここを見て、未来の手がかりをつかむ。沖縄、水俣、原子力、イラク戦争の問題を長年問い続けた作家による名コラム。《解説・田中優子》

上野　千鶴子
女ぎらい
ニッポンのミソジニー
家父長制の核心である「ミソジニー」を明快に分析した名著。文庫版に「セクハラ」と「こじらせ女子」の二本の論考を追加。《解説・中島京子》

河合　隼雄
中年危機
文学作品の主人公たちは、中年という人生の転換点にどう向き合ったか。日本を代表する心理療法家による色褪せない中年論。《解説・河合俊雄》

中島　京子
ゴースト
洋館に出没する少女、二〇世紀を生き抜いたミシン、廃墟化した台湾人留学生寮……。ユーモラスで温かく切ない七つの幽霊連作集。《解説・東　直子》

高橋　源一郎
ゆっくりおやすみ、樹の下で
小学五年のミレイちゃんが鎌倉の「さるすべりの館」で過ごすひと夏の物語。子供から大人まで楽しめる長篇小説。《解説・穂村　弘》

梨木　香歩
f植物園の巣穴
歯痛に悩む植物園の園丁は、ある日巣穴に落ちて……。動植物や地理を豊かに描き、埋もれた記憶を掘り起こす著者会心の異界譚。《解説・松永美穂》